suhrkamp taschenbuch 620

Hermann Lenz, am 26. 2. 1913 in Stuttgart geboren, studierte Germanistik, Kunstgeschichte und Philosophie in München und Heidelberg. Während des Zweiten Weltkriegs war er Soldat. Nach der Rückkehr aus amerikanischer Kriegsgefangenschaft unternahm er das bis heute durchgehaltene Wagnis freien Schriftstellertums. Seit 1976 lebt Hermann Lenz in München. Er debütierte 1936 mit Gedichten (denen erst 1978 ein zweiter Zyklus folgte) und schrieb sodann Erzählungen *Das stille Haus*, 1947; *Das doppelte Gesicht*, 1949, denen 1959 sein erster Roman *Der russische Regenbogen* und in schneller Folge weitere Romane und Erzählungen folgten: *Nachmittag einer Dame*, 1961, *Spiegelhütte*, 1962, *Die Augen eines Dieners*, 1964, *Im inneren Bezirk*, 1970, *Der Kutscher und der Wappenmaler*, 1972, *Dame und Scharfrichter*, 1975.
Hermann Lenz schrieb vier autobiographische Romane: *Verlassene Zimmer*, 1966, *Andere Tage*, 1968, *Neue Zeit*, 1975, *Tagebuch vom Überleben und Leben*, 1978.
Die Begegnung. Roman, 1979, *Der innere Bezirk*. Roman in drei Büchern, 1980.
Das Werk von Hermann Lenz wurde 1978 mit dem Büchner-Preis ausgezeichnet.
Der eigenartige Titel geht auf ein spanisches Sprichwort zurück, das einen Menschen bezeichnet, der in einer ihm nicht gemäßen Umwelt leben muß.
Der Student der Germanistik Ludwig ist einundzwanzig Jahre alt und stammt aus geordneten bürgerlichen Verhältnissen. Angesichts dessen, was er in den beginnenden siebziger Jahren an der Universität und in der modernisierten Stadt vorfindet, beginnt er an seiner Befähigung zum Lehramt zu zweifeln. Er gerät in einen resignativen Privatismus. Das Alleinsein in der Umwelt ohne Artefakte, der Landschaft, die Wanderungen durch das historische, das museale Regensburg werden ihm zum Refugium. Als ihm das Schicksal den Menschen zuspielt, »mit dem er sich versteht«, ist es eine junge Kriminelle. Auch sie – wenngleich aus anderen Gründen – also ein »Tintenfisch in der Garage«. Doch während sie in Ludwig den Vertreter einer heilen Welt sieht und ihre Lebensverhältnisse mit seiner Hilfe ändern möchte, will er die Partnerin lieber nicht wirklich kennen.
Lenz' Erzählung, die sich streckenweise wie eine Kampfansage gegen das »Heilige Jung- und Radikalsein« liest, ist in Wirklichkeit die schärfste Selbstbefragung dieses Autors und unmißverständliche Antwort.

Hermann Lenz
Der Tintenfisch in der Garage

Erzählung

Suhrkamp

suhrkamp taschenbuch 620
Erste Auflage 1980

Lizenzausgabe mit freundlicher Genehmigung des
Insel Verlags, Frankfurt am Main
Suhrkamp Taschenbuch Verlag

Druck: Ebner Ulm · Printed in Germany
Umschlag nach Entwürfen von
Willy Fleckhaus und Rolf Staudt

Der Tintenfisch in der Garage

1

Eine Soirée, gewissermaßen. Die Gefolgschaft des Buchhändlers Meerkatz war fast vollzählig versammelt: Der Vorsichtige mit der Rauchglasbrille neben seiner breit gewordenen Gefährtin in dunklem Samt und mit Pelzmütze. Der Richter, dessen Haar lockig in den Nacken fiel, und der einen neuen und hellblauen Anzug trug. Daneben seine Frau in einer schwarzen Jacke, die Hosen in den Knien eng, über den Schuhen aber weit; das Gesicht gelb und die Lippen dunkelrot; die Augen groß, Brauen und Wimpern dick geschwärzt.

An der Tür Meerkatz. Von jedem Besucher nahm er eine Mark und legte die Nickelstücke in ein stählernes und grün lackiertes Kästchen. Meerkatz war klein und zwinkerte mit hellen Augen; der Hemdkragen stand ihm offen; er hatte ein Bubengesicht und war schon über vierzig Jahre alt.

Die dichterischen Darbietungen, die verlesen werden sollten, würden, wenn man Meerkatz glauben wollte, als ›reale Literatur‹ einen hohen Informationswert haben. Was bei Meerkatz geboten wurde, bewegte sich auf der Höhe des Zeitgeschmacks (gewissermaßen), und in seinem Laden – er war früher Journalist gewesen – standen hinten neben roten Kunststoffstühlen dicke Bücher mit den Wörtern »Marx–Engels« in Goldaufdruck. Meerkatz behauptete, die würden von den ›Militanten‹ gern gekauft, obwohl Ludwig sie jedes Mal, wenn er kam, so verstaubt wie früher vorfand.

Meerkatz sagte, er habe an allem Interesse, von dem er annehme, daß es neu sei; er befinde sich im oberen Drittel der Leute, die es wissen müßten.

Neben ihm stand eine Schlanke, die gerade noch jung war; ihr Mann besuchte in der Ferne eine Filmakademie. Die Dame war bei Meerkatz angestellt, eine mit schmalem und strengem Gesicht; sie lächelte ironisch. – »Die Hippies lesen doch alle den Steppenwolf«, hatte sie einmal gesagt, und Ludwig wunderte sich, weil der Steppenwolf ... Sonderbar, daß dir vieles ausgebleicht und abgenutzt erscheint, was denen jetzt gefällt; und wie Widersprechendes sich zusammenmischt ... Und Ludwig meinte, schließlich seien's Geschmacksachen. Du hast dich eingelassen mit dem Flüchtigsten, das immer wieder anders schillert.

Vielleicht sollte er, der bis heute Germanistik studiert hatte, sich den Naturwissenschaften zuwenden, weil Pflanzen, Tiere und Gesteine sich lange gleich blieben. Obwohl du gerne wissen möchtest, wie sich alles in dir spiegelt, wie Gedanken, Empfindungen und Gefühle sich aneinanderknüpfen, ineinanderschmelzen und auflösen, als wären sie der bläuliche Hauch auf den Uferhängen, draußen an der Donau ... Und er roch das Wasser, dieses dunkelgrüne; sah, wie es schwankte und sich regte, wünschte, auf der Steinernen Brücke Pferden und Wägen zu begegnen, und meinte, all dem käme er durch so etwas wie Dichtung näher. Die Dichtung aber war doch heutzutag verpönt.

Der Dame neben Meerkatz hing an einem langen Riemen eine Tasche von der Schulter. Ihr Haarknoten im Nacken war dick und schwer. Ludwig sah ihr geschärftes Profil, als sie eine Zigarette rauchte. Dann die mit der trotzigen Unterlippe und der Mann, der einen rabenschwarzen Kinnbart trug, die Wangen sorgfältig rasiert.

Ein Mädchen, dessen gescheiteltes Haar lang und glatt niederhing, setzte sich aufs Podium; ihr Rocksaum reichte bis zum Schoß; lange weiße Strümpfe, seltsam leichenfarbig, umspannten ihre Schenkel, ihre Beine. Während sie saß und las, räucherte ihr eine Zigarette in der Hand, und diese Hand hielt sie unter den Tisch. An der Wand stand: ›Rauchen polizeilich verboten‹. Auch andere Damen unter den Zuhörern rauchten, wahrscheinlich dieses Verbotsschildes wegen.

Die mit dem Madonnenscheitel las eine Geschichte, und dabei fiel ihr das Haar ins Gesicht; immer wieder mußte sie's über die Ohren streichen. In ihrer Geschichte wiederholte sich der Satz, sie erzähle jetzt eine Geschichte; und sie erzählte, wie sie auf einen wartete, der, wenn er käme, anders wäre, als sie es gewünscht hätte, weshalb sie es sich vielleicht nicht derart intensiv wünschte, wie sie meinte, daß sie's täte, aber trotzdem sich vorstellte, wie es wäre, wenn er mit ihr spräche; wobei sie seine Stimme an das Gurgeln einer Abflußröhre denken ließ. Und all das wurde keusch und mit hochgezogener Nase vorgetragen, der tadellose Monolog Dornröschens, das akademisch gebildet war.

Für diese Leute hier bist du viel zu jung, dachte er, denn Ludwig war kaum zwanzig Jahre alt. Das Mädchen mit der Geschichte gehörte in das Institut für Germanistik, wo sie Assistentin war; ein Fräulein Doktor also. Ludwig aber würde niemals eine Doktor-

arbeit machen. Für dich genügt das Staatsexamen, und das steht so erschreckend hoch ... Und er meinte, daß sich nichts geändert habe seit Urzeiten, weil immer noch Dornröschen auf seinen Erwecker wartete, auch wenn es Doktor der Philosophie war.
Die Tür des Saals öffnete sich, und einer in zottiger Lammfelljacke kam, einer mit schwarzem Pfarrershut. Er schritt langsam zum Podium, wo er umständlich Platz nahm und blondbärtig und rosig dick den Zuhörern in die Gesichter schaute.
Der las dann eine Studie über Gastarbeiter, die ausgenützt, rüde behandelt, in Baracken gepfercht und von den Deutschen verachtet wurden. In der Ölraffinerie Lutz und Freytag war für dreizehn Mann nur ein Wasserhahn da. Ludwig dachte an Mario, der in der Malerwerkstatt im Hof schaffte und, wenn er Leitern und Farbtöpfe in den Kombiwagen trug, fröhlich sang. Der hatte es gut, und vielleicht war, daß er's gut hatte, eine Ausnahme, und um das Los der Gastarbeiter in der Bundesrepublik zu mildern, mußten Mißstände schonungslos entlarvt und angeprangert werden; das war der Schmutz auf dem Grund einer kapitalistisch verseuchten und verdorbenen Gesellschaft. Donnernder Applaus.
»Wer bereit ist, für unsere Gastarbeiter Blut zu spenden, der hebe die Hand«, sagte der Redner, und eine Dame kicherte. Es streckten trotzdem da und dort ein paar.
Ein anderer Redner, der mit seinem halblangen Haar dem Bamberger Reiter glich, war ein Genosse aus Berlin und von Beruf Verleger. Unverschämterweise hatte

dem der Staatsanwalt Bücher beschlagnahmt, die alle Lehrlinge zum Widerstand gegen ihre Unterdrücker aufriefen; was solch ein Staatsanwalt, der auch noch Biedermann hieß (es wurde gelacht) sich eigentlich vorstellte? Der wollte doch nur die Geschäftsgrundlage des Verlags unterminieren. Der Verleger aber machte hier für sein Geschäft Reklame, und die Studenten sollten seine Bücher kaufen.

»In dem, was diese Schnell gemacht hat, ist doch etwas Persönliches drin«, sagte Ludwig später zu Max, als sie im Wirtshaus saßen. Max wischte sich ein Lächeln von den Lippen, schaute auf die Seite und bemerkte rasch, als ob er seine Worte vor den unbedarften Ludwig würfe, der sie nie begreifen würde: »Das ist doch alles bloß privat, bleibt im Privaten stecken. Sein Informationswert ist gleich null, weil es nichts über den Zustand unserer Gesellschaft aussagt, die verändert werden muß. Du hast doch auch bemerkt, daß der Beifall zögernd und recht dünn gekommen ist. Damit kann uns die Schnell nicht reizen.«

So war das also. Noch vor einem Jahre wäre Fräulein Doktor Schnell mit einem solchen Text wie eine Amazone bewundert worden, die sich weit vorwagte und Pfeile gegen Philistermassen schoß. Nun aber waren ihre Sachen abgewelkt und eingeschrumpft.

Max ließ die Arme schlenkern, fläzte sich in seinen Stuhl, schaute spöttisch und sagte: »Daß du dich so fein anziehst ... so sorgfältig und mit weißem Hemd, oh!« Max legte Daumen und Zeigefinger aufeinander, führte sie zum Mund und machte einen Luftkuß.

»Den lehnen wir doch ab«, sagte Steigleder und deutete auf Ludwig.

Am nächsten Tag sah Ludwig aus dem Fenster und hörte unten in der Blauen Liliengasse Frau Köberl zu einer Nachbarin sagen: »Er wird ein Lehrer.« Sie meinte Ludwig, und er dachte, hoffentlich habe Frau Köberl damit recht. So sicher, wie sie meinte, war das bei ihm mit dem Lehrer-Werden freilich nicht. Wenn alles weiterhin so durcheinanderlief und er nirgendwo einen Menschen fand, mit dem er sich verstand, dann würde er nicht weiterkommen und das Studium aufgeben. Irgendwo unterkriechen ... dachte er und wünschte sich, Schreiber zu sein bei der Stadtverwaltung und nicht mehr.

Die meisten, die er kannte – und manche nannten sich Genossen – fuhren im eigenen Auto. Merkwürdig, daß du nicht mehr als ein Fahrrad brauchst ... Und er stellte sich vor, wie er morgen abend nach Prüfening hinausfuhr, ein Buch unterm Gepäckträger in die Regenplane eingewickelt; sein Rad schnurrte leise, wenn's von selber lief. Den Wind um den Kopf haben, während er der Donau näherkam, die Hügel auf dem andern Ufer einen bläulichen Hauch hatten, und er sein Rad am Fährhäuschen vorbeischob, wo ein alter Mann wohnte. Dann sich ausziehen und neben Weidenbüschen liegen, ins Wasser rutschen, schwimmen und sich trocknen lassen.

Ja, das war schon recht ... Einmal aber mußte sich doch etwas zeigen, sein Gesicht enthüllen und nicht

bloß eine Larve sehen lassen. Gestern abend sind dir alle wie maskiert erschienen.
Max stand unten und winkte herauf. Ludwig wartete auf ihn im dämmerigen Treppenhaus, und Max lief über die Stiege, diese breite, mit einem Geländer auf geschnitzten Pfosten. Max wunderte sich wieder einmal über Ludwigs Geschmack und daß er's aushielt hier in diesem verwinkelten Haus, das durchsäuert sei vom Schweiß und von der Ausdünstung jahrhundertealter Abtritte und verrußter Küchen, obwohl hier keine Küche verrußt war; in Maxens Vorstellung jedoch waren die Küchen in der Altstadt alle verrußt.
»Komm mit zum Steigleder. Die Schnell wird umfunktioniert«, sagte Max und sah sich, wie schon oft, in Ludwigs Stube um, inspizierte die Bücher, sagte: »Daß dir die Stille hier nicht auf die Nerven geht ...« und lächelte. »Du liebst ja die Gemütlichkeit, ein behagliches Ambiente.« Und Ludwig fragte: »Ist das moralisch minderwertig?« – »Gewiß nicht. Man sieht nur, daß du dich abkapselst, dich zurückziehst vor der Wirklichkeit und vor den Unbilden der Witterung.«
»Tust du das nicht? Der Mensch hat's, meines Wissens, seit der Steinzeit so gehalten.«
»Du bist halt ein resignativer Privatist«, sagte Max, dem es hier zu altmodisch war. Die elterlichen Möbel der Frau Köberl standen da und waren hundert Jahre alt. Der Schreibsekretär mit den geschweiften Beinen, die Kommode, der Ohrenbackenstuhl, das Bett, der Schrank, alle einfach und fast karg; dazu der Bretterboden mit gewachsten Dielen. Es genügte, es war gut. Und nicht mal einen Radioapparat hatte der Ludwig.

Max' Volkswagen stand vor dem Rathaus, weil er damit in die Blaue Liliengasse nicht hereinkam; die war dafür zu eng. Kein Wunder, daß du hier eingezogen bist, dachte Ludwig und sah durchs Fenster, während Max vorauslief, denn Max hatte es immer eilig; der war so beweglich. Und Ludwig tat es leid, jetzt weggehen zu müssen. Was sich beim Steigleder abspielen wird, kannst du dir denken, und eigentlich ist es dir widerwärtig; gehe aber mit ihm, lerne sie kennen, deine Zeit ... Das Wetter änderte sich bis ans Ende aller Tage, und wie dieses veränderliche Wetter, so blieb auch das Leben bis ans Ende aller Tage gleich. Dir ist das wichtig, was für immer gleichbleibt. Der Mensch bleibt auch für immer gleich.
Er ging über die Treppe, schaute draußen nach dem Himmel, der hellblau war, sah alte Dächer, deren Firste einmal höher, dann wieder niedriger waren, ein Gewinkel, siebenhundert Jahre alt. Daß es noch hier war, unverändert, wie auf einem Kupferstich, gefiel ihm; niemals sollte es anders werden.
Doch war's bereits anders geworden, denn sie hatten alte Häuser abgerissen, und es streckte sich ein leerer Platz, neben dem Quader lagen; dort wollten sie das Alte wieder so aufbauen, wie's gewesen war. Und warum hatten sie's dann abgerissen?
Max rief ihm drüben an der Ecke etwas zu und winkte. Ludwig ging die Blaue Liliengasse aufwärts, die Hände in den Taschen der Samthose; die gehörte heutzutage halt zu einem jungen Mann. Du gleichst dich an; wart nur, bald bist auch du ein progressiver Typ.

Hinter dem Baumburger Turm blinzelte er in die Sonne, erinnerte sich, daß dort drüben Karl der Fünfte im Haus der Eltern von Barbara Blomberg abgestiegen war, und daß der Sohn des Kaisers und der reichen Bürgerstochter später Don Juan d'Austria geheißen hatte. Und der Kaiser ging vorbei, in Schwarz gekleidet, ein Barett über dem früh gealterten Gesicht; sein Degen hatte eine versilberte Scheide, und seine Halskrause war frisch gestärkt.
Max ließ den Motor laufen. Die Türe seines Volkswagens stand offen. Sich krümmen und einsteigen, die Tür zuschlagen, daß es knallte, das war ›vital‹. Krach und Knall, Motorengebrumm, geschüttelt werden im Fahren, und daß es hier herinnen, wie in jedem Auto, stickig roch: All dies gehörte jetzt dazu.

Danach ein neues Haus mit blankem Treppenhaus, die Stufen weiß und hartkantig. Wo's in den Keller ging, lag Kies statt Marmorplatten; und der Aufzug sauste, und sie waren oben, wo Max eine Konservendose, auf die ein Auge gemalt war, aus seinem Anorak hervorzog und auf den Kunststofftisch stellte, neben dem die andern hockten. Der kleine Professor rauchte Pfeife. Ludwig fragte, was denn dieses Auge auf Maxens Konservendose, deren Deckel zackig wegstand, zu bedeuten habe, und der Professor rief: »Sie haben den Identifikationszwang, etwas typisch Deutsches!« Hilde Schnell lächelte abwesend. Steigleder hatte ihr den Arm um die Schultern gelegt und machte ihr klar, daß die Geschichte, die sie gestern abend vor-

gelesen hatte, gar nichts tauge, wertlos sei, weil sie keinen Informationswert habe. Max sagte, er müsse Steigleder widersprechen, weil Fräulein Schnells Text darüber Auskunft gebe, was sie denke und empfinde, und deshalb seine Berechtigung habe. – »Jawohl«, sagte der Professor, »dieser Text stellt die innere Situation des jungen Menschen mit modernen Stilmitteln dar«, und Ludwig fragte, ob diese Stilmittel nicht immer und zu allen Zeiten gleich gewesen seien: »Bevor Barbara Blomberg Karl den Fünften kennengelernt und sich vorgestellt hat, wie er vielleicht wäre, wenn er zu ihr käme, und wie er dann gewesen ist, als er späterhin zu ihr kam: auch diese Wünsche sind in diesem Text von Fräulein Doktor Hilde Schnell.«
»Ja, wie? Sie sagen auch mal was? Im Seminar macht er doch nie den Mund auf«, sagte der Professor, und Ludwig wurde rot.
Steigleder sagte: »Schön und gut. Das ist vielleicht der Ewigkeits-Aspekt. Mag sein, daß, unter diesem Ewigkeits-Aspekt betrachtet, der Text der Hilde Schnell verteidigt werden kann. Heute aber kommt es darauf an, etwas zu liefern, das die destruktiven Tendenzen unserer Konsum-Gesellschaft bloßlegt. Sie müssen schonungslos entlarvt werden, und jeder, der heutzutage Texte macht, ist dazu verpflichtet.«
»Das deutsche Volk bei seiner Arbeit aufzusuchen, hat schon Gustav Freytag verlangt«, sagte Ludwig und wunderte sich, weil die anderen nicht merkten, daß er's spöttisch meinte. Oder wollten sie's nicht merken? Jetzt sollte die Schnell umfunktioniert werden auf gesellschaftspolitische Relevanz, und das war doch ein

Schmarren. Die Menschen lebten heute wie zu allen Zeiten. »Sie müssen essen, trinken, schlafen und verdauen wie zu Zeiten Karls des Fünften, Herr Steigleder. Oder müssen sie das vielleicht nicht?«
»Nun ja ... Sie reden, als ob Sie Zoologe wären und vom Homo sapiens sprächen, in seiner frühesten Erscheinungsform ... Immerhin haben wir uns weiterentwickelt. Wir müssen uns an der Zukunft orientieren!« rief Steigleder, und Ludwig fragte: »Wie machen Sie das? Sie können sich doch bloß an dem orientieren, was Sie in der Vergangenheit erfahren haben.«
Schweigen und Verblüffung. Ludwig dachte an Frau Köberl und an den Malermeister, für den Mario aus Neapel Farbtöpfe, Planen aus Kunststoff und eine Bockleiter im Kombiwagen verstaute, um mit dem Malermeister loszufahren, Stuben zu weißen und Gartenzäune anzustreichen, damit er seinen Eltern Geld schicken konnte, weil die nur mühsam vorwärtskamen, drunten in Neapel. Und er hörte Mario erzählen, wie seine Geschwister in einer Konservenfabrik schafften und abends den Fremden zulächelten, sie in ein Wirtshaus lotsten, vor dem Tafeln aufgestellt waren, schwarze, mit schwungvoller Kreideschrift bemalte Tafeln; und wenn die Fremden drinnen waren, mußten sie das Dreifache dessen bezahlen, was draußen auf den Tafeln stand. Marios Geschwister bekamen ein Trinkgeld für die Schlepperdienste, während hier Fräulein Doktor Schnell umfunktioniert werden sollte, ein hübsches Mädchen mit sorgfältig gewaschenem langem Haar. Sie hatte sich über der Nasenwurzel einen schwarzen Punkt auf die Stirn

geschminkt, als gehöre sie einer hohen Kaste an. Ein silberner Ring legte sich wie eine Hülse ums untere Glied ihres Ringfingers, und darüber rauchte eine Zigarette.

Sie hatten Hilde Schnell gefügig machen wollen, und vielleicht gelang es ihnen mit der Zeit. Niemand sollte anders denken als sie selber dachten, weshalb es klug war, so zu tun, als sei man ihrer Meinung. Jeden andern wollten sie ihre Macht spüren lassen, und vielleicht war's der Zeitgeist, der sich so auswirkte. Die Herrschsucht wurde vom Zeitgeist gehätschelt, und sie nannten das ›Bewußtseinsbildung‹; das Bewußtsein nach ihrem Sinn verändern, darauf kam es ihnen an; andere gleichschalten und sie zwingen, daß sie so dachten wie sie. Eine Gemeinheit und sonst nichts.
Ludwig sagte es Max, und der bemerkte: »Wahrscheinlich hast du recht ... Aber heute gibt es doch nichts anderes. Wenn du zu alledem nicht ja sagst, kommst du nicht durch.« Er lachte. Ludwig dachte, Max mache es sich leicht, und sagte: »Mal versuchen, ob du nicht so durchkommst, wie's dir in den Kopf paßt, willst du nicht?«
Max sagte, das sei ihm gleichgültig, und wie es ihm in den Kopf passe, wisse er nicht recht. »Wir müssen doch vorerst einmal was lernen. Und mir gefällt ein Streitgespräch. Wenn da ein Widerspruch so knallt!« sagte Max und schlug seine Faust in die linke Hand. »Selten wirst du etwas finden, das zusammenpaßt. Und Harmonie gibt es doch nirgends. Mir ist's so recht, wie's

jetzt ist. Ich komm ganz gut zurecht ... Sie bekämpfen sich, jeder will dem andern überlegen sein.«
Ludwig dachte, wenn er die Gegensätze in sich selber nicht zusammenschmelzen könne, dann zerreiße es ihn fast. Du willst in einen Bezirk kommen, der den andern unerreichbar ist. Den willst du für dich haben ... Eine wie Hilde Schnell wurde gequält von ihrer Jugend. Ihm war's vorgekommen, als hätte sie am liebsten Steigleders Arm von ihren Schultern weggeschoben, dies aber nicht gewagt; da hätten doch die andern denken können, sie sei prüde.
»Gehst du heimwärts? Also, tschüs«, sagte Max und setzte sich in seinen Wagen.

2

Da war er dann wieder in seiner Stube bei Frau Köberl, als stünde er in einer andern Zeit. Jedes Auto roch nach Benzin und eingesperrten Menschen, und im Zimmer des Steigleder war er in einer Badewanne aus Leder gesessen, tief drunten und mit eingezwängtem Bauch, als wär der Sessel eine Menschenfalle. Um aufstehen zu können, hatte er sich einen Ruck geben müssen, damit er aus der Umklammerung des neumodischen Stuhls herauskam. So etwas gefiel heute; es war ›zeitadäquat‹ wie eine Schablone, in die jetzt alle gepreßt wurden.

Du nicht? Er bemühte sich, nicht hineingepreßt zu werden. Schmerzhaftes Gefühl, nicht mitmachen zu können, weil dir's wider den Strich geht. Und was war heut modern? Daß man sich durcheinandermischte, eine Art Menschengulasch. Umweltverschmutzung ... dachte er und wunderte sich, weil's niemand freundlich haben wollte, zumindest nicht diese Studenten. Mische dich hinein wie bei einer Gesellschaft, wenn sie durcheinanderreden und jeder alles, was er in sich hat, nach außen kehrt und die andern sein ›Inkräusch‹ sehen läßt. Die Gerüche, die jeder mitbrachte, mischten sich mit den Gesprächen, die Farben der Kleider wurden vom Zigarettenrauch verwischt, und immer wollte einer den anderen überzeugen, in die Gewalt bekommen. Viele dachten dasselbe, und was sie dachten, wurde vom Gefühl bestimmt, weil Gefühle zu Wörtern und zu Sätzen wurden.

Er schaute auf die gescheuerten Dielen seiner Stube, in denen Astknollen knorrig waren. Dann ging er zu Frau Köberl in die Küche. Sie trocknete Geschirr ab und sagte, sie freue sich, wenn's Samstag sei. »Freilich, jeder Tag ist bei mir gleich ... Nein, das stimmt auch wieder nicht. Aber, wissen'S, jetzt am Samstag müssen die Leut nicht mehr herumrennen, herumwerkeln, und ich denke dran, wie es als Kind gewesen ist. Da hab ich nach den Schulaufgaben auf die Gass' gedurft.«
»Sie haben das meiste hinter sich«, sagte Ludwig und hörte, wie unten im Hof gekehrt wurde. Die Küche hatte Sonnenlicht; ein alter Guglhupfmodel aus Kupfer glänzte, und Frau Köberl sagte, Ludwig solle mit ihr eine Tasse Kaffee trinken, und fragte, ob er das Mittagessen wieder mal habe ausfallen lassen. Sie hatte richtig geraten, denn samstags wollte er spät weggehen; wenn Max nicht gekommen wäre, ihn zu Steigleder mitzunehmen, hätte er in seiner Stub' etwas Gescheites lesen können.
Jetzt war er froh, bei Frau Köberl zu sitzen, Kaffee zu trinken und ein Stück Guglhupf zu essen. Hier hast du es idyllisch, und wenn du so streng wie Steigleder wärst, dann müßtest du jetzt Frau Köberl aufklären, wie notwendig es ist, die Gesellschaft von der Basis aus zu verändern.
»Man macht's halt, wie man's macht«, sagte Frau Köberl, und Ludwig gab ihr recht. »Wollen'S noch an die Donau heut? Sie, Herr Ludwig, darum beneid ich Sie.« Und sie erzählte, daß sie früher mit ihrem Mann am Samstag ins Gasthaus zur ›Ente‹ gegangen sei, wo im Wirtshausgarten eine Trachtenkapelle gespielt habe.

»Lang hat das alles nicht gedauert, ach du liebe Zeit. Wir haben damals doch den Hitler g'habt, und der hat's anders g'wollt. Mein Mann ist zu den Landesschützen geholt worden, und dann bin ich allein gewesen mit der Sophie. Mein Mann hat manchmal g'sagt: ›G'schäftliche Sorgen hat man beim Barras keine, aber ...‹ Sie können es sich selber denken. Und jetzt, wo alles schon so lang vorbei ist ... Also, Herr Ludwig, da kommt's mir manchmal vor, als hätt's der Hitler auch nicht in der Hand gehabt. Es ist halt in der Luft gelegen auf der ganzen Welt. Und dann ist es herausgesprungen, ganz bös bei uns ... Freilich, man weiß es nicht. Und nachher legt man es sich irgendwie zurecht. Und stimmen tut es nie ... Meinen Mann haben's den Motorrad-Sepp geheißen, damals. Als ich beim Arbeitsdienst gewesen bin, ist er jeden Sonntagmorgen hingefahren und abends wieder z'ruck. Und jetzt kriegt meine Sophie schon ihr zweites Kind.«

»Frau Köberl, es gefällt mir gut bei Ihnen«, sagte er. Sie lächelte, als dächte sie, vielleicht wär's für ihn besser, wenn's ihm bei ihr nicht gefiele. Dann hätte er es leichter, mitzukommen, und das ganze moderne Wesen würd ihn nicht mehr quälen.

»Sie sind ja nie dabei, wenn's demonstrieren in der Universität«, sagte sie und lachte leise. »Wann's den Leuten gut geht, werden's übermütig. Dann wollen's, daß es ihnen wieder schlecht geht. Sie meinen zwar, sie wollen, daß es ihnen noch viel besser geht als vorher, aber das stimmt nicht ... Ganz unten und tief innen sehnen sie sich doch danach, daß wieder einmal einer kommt, der ihnen aufzwingt, was er will ... Ja, da können'S bloß noch den Mund halten und sich wundern ... Jetzt aber fahren'S an die Donau. Damit die Sonn noch stark ist, wenn'S hinunterkommen.«

Beim Hinunterfahren an die Donau fiel ihm ein, daß ein Spanier auf einem Faschingsfest zu ihm gesagt hatte, er komme ihm wie der Tintenfisch in der Garage vor. Kurioses Wort ... sagte Ludwig zu sich selber und wartete an einer Kreuzung, als die Ampel rot war.
Neben einem alten englischen Auto mit Speichenrädern schaute er zur Ampel, einen Fuß auf dem Asphalt, den anderen auf dem Pedal. Der weiße Saum seiner Unterhose sah am linken Oberschenkel aus seiner kurzen Hose, und er dachte: braun gebrannt bist du auf jeden Fall ... Immer noch war die Ampel rot, und mit zurückgeklapptem Verdeck wartete das Auto. Darin saß eine Lächelnde; eine mit hellblondem und kurz geschnittenem Haar im grünen Kleid, das ihr knapp über den Schoß reichte. Sie nickte, deutete nach oben. Nun war die Ampel grün.
Weiterfahren in der langen und geraden Straße, die vom Licht verwischt wurde; aber vielleicht kam's ihm nur so vor, weil er gegen die Sonne fuhr. Dabei erinnerte er sich, daß hier heraußen Römervillen gestanden waren; und sie hatten eine Römerin im Sarkophag gefunden, die jetzt im Museum anzuschauen war. Der Deckel, ein schweres Dach, war zurückgeschoben vom Gehäuse, die Mulde des Steintrogs geöffnet. Ein Gerippe, die Wirbelsäule war gekrümmt und bräunlich und hatte unterm Schädel eine dünne

Halskette aus Gold; als Polster eine Erdschicht auf dem rauhen, gelbkörnigen Boden der steinernen Ruhestatt.
Das Fleisch wurde zu Erde. Ihr Schienbein war gebrochen; daneben lag eine Flasche aus bläulichem Glas, und Glasstaub glitzerte in einer Ecke. Ein Gespinst von Rissen war in die durchsichtige Glashülle eingewoben, als ob etwas Lebendiges in dem erstarrten Schmelzfluß eingeschlossen und versponnen wäre, etwas, das sich immer noch flimmernd zu bewegen und zu rühren schien, ein Netz von Adern aus Luft, die vor siebzehnhundert Jahren auch diese knöcherne Schläferin hier hatte atmen lassen. Sie lag im Gehäuse, umgeben von Licht. Neben ihrer Schulter stand ein Parfümfläschchen, gereinigt und leer wie die große Flasche. Das hatte man ihr mitgegeben: Parfüm und eine goldene Halskette.
Was hatte sie gefreut, geschmerzt? Vielleicht war ihr das Land hier als barbarische Einöde vorgekommen; sie hatte sich mit Parfüm und Schmuck aus der Heimat getröstet und war am gebrochenen Schienbein gestorben, weil's mit der Hygiene damals schlecht bestellt gewesen war.
Eine Straßenbahnschiene glänzte. Gestern hatte er »Den Schattengöttern und der ewigen Grabesruhe geweiht« im Museum auf einem Grabstein gelesen und heute ›bei Rot‹ eine im grünen Kleid gesehen.
Er fuhr neben Pappeln, wünschte sich, die Allee möge zu einem Schloß führen, einem mit schwarz verwittertem Turm, und spürte scharfe Sonne auf den Armen und den Schenkeln. Wind wehte; jetzt roch er den

Fluß. Er fuhr hinunter, und ihr Wagen stand neben dem Fährhaus.

Er wartete. Es war etwas, und er konnte es nicht vergessen (das mit der Römerin im Sarkophag). – »Wir sind beide gleich weit gekommen, obwohl Sie mit dem Fahrrad ...« sagte sie und hielt ihr Haar fest, das länger war, als er es in der Erinnerung hatte. Die Fähre kam lautlos am Stahlseil näher, und sie sagte etwas, das sich anhörte, als hätte sie sich's anders überlegt; vielleicht hatte sie sich übersetzen lassen wollen und blieb jetzt hier.

»Ich will weiter hinaufgehen, hinter die Eisenbahnbrücke«, sagte er. Sie nickte, schaute auf den Boden, der zwischen dem Gras weißlich war. Dann sah sie her und hatte fast farblose, graue Augen, die sie weit aufmachte. Ludwig dachte: überanstrengt und beinahe, als geriete sie aus dem Konzept. Dann sah sie wieder auf den Boden, ging neben ihm im Gras und sagte: »Ich komm wieder.«

Sie ging zum Auto und klappte das Dach hoch, beugte sich zu den Rücksitzen, riß eine schäbige Mappe heraus, machte das Dach fest und ließ die Tür zuschnappen; schloß die Türe ab, kam näher, als ob es ihr schwer falle und sie zögere, vielleicht, weil er ihr zusah.

Er schaute dann zur Donau, auf die nahe Eisenbahnbrücke; sie hatte hohe Bögen und durchschnitt das Tal. Als er weiterging und sein Fahrrad, das zwischen ihr

und ihm war, schob, kam er dicht an den Brückenbogen, der gelblich und kantig hochstieg; ein Zyklopenschienbein und steinerner Schenkel; unter ihm war der Boden von Gras entblößt, ein kahler Streifen dicht am Wasser, wo Kühle einen Augenblick lang stillstand; dann flog wiederum Wärme her.
»Ich weiß, daß Sie hier lesen, schwimmen, nichts tun«, sagte sie.
»Was tun Sie?«
»Ich hab mich frei gemacht.«
Sie sah ins Tal, das weit war und in der Ferne Kalkfelsen an grünen Ufern hatte. Sie nahm die abgewetzte Mappe auf und ging zum Wasser. Hinter einem Weidenbusch und beim Stamm einer Erle spiegelte der Fluß. Sie ging dorthin. Ihr grünes Kleid schien sich mit Blättern zu vermischen, und es kam ihm vor, als würde sie von der Helligkeit ausgewischt.
Dann kam sie wieder, ging mit nackten Füßen, das Kleid überm Arm, in der Hand die Mappe; saß im Schneidersitz ihm gegenüber, kämmte sich und hatte in den Achselhöhlen rötlichen Flaum. Sie lächelte, er dachte: ihr Mund ist breit, und das gefällt dir.
Er erzählte von einem Platz am andern Ufer, weiter unten, der Stadt zu. Dort war hohes Gras, vom Winde umgelegt wie Polster. »Und dazwischen Büsche, weißt du ...« An einem rostigen Drahtzaun endete ein Pfad mit ausgedörrtem Gras wie Filz oder wie eine Matte. Darauf war er hin und hergegangen, hatte hinuntergeschaut zur Steinernen Brücke; drüben war der schwarze Dom, umkrächzt von Dohlen. Auf einem alten und grünlichen Haus, drüben am anderen Ufer, waren

vom Wasser gespiegelte Lichter zu sehen gewesen, wie eine doppelte Kette, die sich regte. Eine Familie lag im Gras, die Mutter hatte von der Sonne rosa gebrannte Haut gehabt und ihrem Buben eine Ohrfeige gegeben. Essen war ausgepackt worden. Man hatte gegessen und Bierflaschen aufgemacht.
Sie lehnte sich an ihn und sagte: »Die hast du beneidet.«
Das war richtig; wer so sein könnte ... hatte er gedacht.
»Wir schaffen's aber nie. Und eigentlich willst du doch auch allein sein«, sagte sie.
Unter einer Haarsträhne sah sie zu ihm her. So beieinanderliegen: Das hatte er sich oft gewünscht. Jetzt hatte er's. Wozu fragen, wer sie war?
»Ich heiße Friederike«, sagte sie. Überm schmalen weißen Höschen ihres Badeanzugs bildeten sich ihre Hüftknochen ab, und ihr Unterkiefer ragte vor. – »Bis man weiß, was man mag und was man nicht mag ... oh, das dauert lange. Ich beneide alle Alten, die es wissen«, sagte er.
Sie erzählte, daß sie ihn früher beobachtet hatte, und er sagte: »Ich habe nichts davon gemerkt. Eigentlich beschämend.« Er dachte an die Straßenkreuzung mit der Ampel, die lange auf Rot gewesen war; deshalb sagte er: »Lang haben wir bei Rot gewartet«, und sie sagte: »Ja, bei Rot.«
Im Nachhinein verwunderte es ihn, daß es sich so ergeben hatte, zufällig, gewissermaßen. Und er hätte gern gewußt, wo sie ihn gesehen und was sie dabei gedacht hatte, sagte aber nichts. – »Bei der alten Apotheke«, fing sie an. Er überlegte, wo die war, und er-

innerte sich: beim Dom, wo's in die Tändlergasse hineinging, nicht weit vom Café, vor dem Stühle standen. Marktstände waren dort, solche auf Karren und mit dicken weißen Rettichen. Nicht weit davon hatte Napoleon übernachtet, und in der Schwibbogengasse stand noch das Tor des römischen Lagers, das aus Granitquadern errichtet war.
Er sagte: »Also, bei der Apotheke ...« und sie sagte, damals habe er nur aufs Pflaster geschaut, als wäre er weit weg: »Wie das ja immer bei dir ist. Es hat nie etwas genützt, wenn ich dich angelächelt habe. Du hast mir ins Gesicht gesehen und mich nicht bemerkt. Manchmal schaust du aus wie ein Schlafwandler, weißt du: mit merkwürdigen Augen.«
»Da hab ich sicher dran gedacht, daß ich mir noch ein Joghurt kaufen muß.«
Er spürte, wie sie dicht bei ihm den Kopf schüttelte: »Das glaub ich nicht ... Es muß etwas gewesen sein, das weit zurückliegt. Sonst sieht man nicht so aus.«
Weit zurück lag für ihn die Kindheit, und er sagte: »Vielleicht an die Schnupftabaksdose vom Urgroßvater. Die hab ich nämlich noch. ... Darin liegt eine grün und blau schillernde Erpelfeder. Die hab ich auf dem Sulzberg g'funden. An einem heißen Tag bin ich dort gegangen. Auf einem vermoderten Ast ist die Feder gelegen. Und du stehst tausend Meter hoch und schaust hinaus in grüne, blaudunstige Ferne. Dies alles ist in der Erpelfeder drin und in der Schnupftabaksdose vom Urgroßvater. Der hat ein Wirtshaus g'habt, dasselbe, das mein Vater auch noch hat, und jetzt wollen's die Eltern renovieren lassen.« Und er sagte, daß er ge-

gen's Renovieren sei, weil für ihn alles so bleiben müsse, wie's früher gewesen ist. »Das Neue ist ja lang nicht mehr so schön. So Tische mit Resopalplatten, wie in einer Kantine, die sind doch abscheulich.«
»Wie mein Onkel ... Der sagt immer, heutzutage sei der Zauber weg, der Hauch. Ja, er hat recht. Alles Alte und Vergangene, von dem man nichts mehr sieht, ist ein Wandteppich aus Erinnerung, und der bewegt sich manchmal; dann kannst du dahinterschauen, aber bloß für einen Augenblick.«
»Dann kommt wieder ein andrer Augenblick.«
»Bei Rot«, sagte sie.
Sie wollte noch einmal das mit den Wasserspiegelungen auf der altersgrünlichen Mauer am Fluß hören, und er sagte, ja, das könne er immer wieder anschauen, und wenn er's sehe, dauere ihm ein solcher Augenblick nie lang genug. »Das ist so ein Glückssplitter, und er glänzt.« Immer waren es nur Splitter, die das Glück verteilte, dahin oder dorthin legte, weit voneinander entfernt; zuweilen aber fand man trotzdem einen: »Wie zum Beispiel jetzt.«
»Ja, weil wir noch glauben, wir seien beide gleich; aber wir sind's nicht ... Meinst du, daß wir dahinterkommen werden?«
»Nicht so bald.«
Es war jetzt so, daß es ihm gleichgültig erschien, ob sie oder er etwas sagte, weil, was sie sagte, er auch hätte sagen können. – »Ja«, sagte sie, »das Umgekehrte ist auch richtig«, und er meinte, das sei vielleicht das wahrste Wort an diesem hellen Nachmittag.
Sie war auch älter. Äußerlich fiel es kaum auf, aber,

was sie sagte, kam ihm vor, wie wenn darin mehr wäre, als man mit zwanzig wissen konnte. Wer länger etwas angesehen hatte, das jedem bekannt war, merkte, daß mehr dahinterstand, als was die meisten wußten; wie ein Stein, der nicht bloß grau und weiß gefleckt und kantig oder gelb und rund geschliffen war; solch einer war doch auch gewachsen und hatte lange Zeit dazu gebraucht.

Er fragte nicht, was sie früher getan habe, weil er meinte, das wolle sie nicht sagen. Es war besser, wenn er von ihr wenig wußte. Auch sie hatte ihn nicht gefragt, woher er kam. Irgendwann war sie geboren worden, hatte andere gekannt und mit anderen gelebt. Die Zärtlichkeit war da. Sie sagte: »Ich bin mit dir weit weg und habe alles andere vergessen.«

3

Weil sie von der Apotheke an der Tändlergasse erzählt hatte, ging er am nächsten Tag dort vorbei, schaute hinter einem Karren mit Rettichen auf Pflastersteine, wo vor Geschäften Autos standen, und überlegte, wie es wäre, wenn sie hier übers Verdeck ihres Wagens schaute und ihm zulächelte mit dem breiten Mund. Ihre Zähne waren weiß und an den Rändern bläulich, und wenn sie lachte, glänzte eine Goldkrone; dazu ihre großen grauen Augen, und darunter natürliche Schatten.

Sie war schmal und hatte lange Beine, die sie sehen ließ. Glücklich oder ›strahlend‹ sah sie nicht aus, eher wie vom Wind zerblasen. – »Wie nicht ganz hiesig kommst du mir vor«, hatte Max einmal zu Ludwig gesagt, und daran erinnerte er sich, als er an Friederike dachte.

Auf sich selbst bezogen, konnte er sich unter »nicht ganz hiesig« nur Ungenaues vorstellen, aber wenn er dabei an sie dachte, wurde es ihm klarer. Und er meinte (nun kam's unerwartet herauf, als hätte es unten geschlafen), er sei ihr früher einmal in einem Geschäft begegnet, wo sie auf einen Zettel geschaut hatte, an Regalen entlanggegangen war, eine Konservendose weggenommen und ihm ins Gesicht gesehen hatte. Aber damals, und falls sie es gewesen sein sollte, hatte er sie nicht erkannt, meinte aber, sich über ihre sorgfältige Handschrift auf dem Zettel gewundert und hernach bemerkt zu haben, daß ein Schaufenster dieses

Lebensmittelladens in einen Torbogen eingefügt gewesen war; der mußte über siebenhundert Jahre alt sein, und hinterm Glas stand sie in einem kurzen weißen Mantel. Ihr kleines Gesicht war klar zu sehen neben den Umrissen seines Kopfes, der als Spiegelbild aus der Scheibe schaute.

Da stand er wieder vor dem Laden und meinte, sie darin zu sehen, doch war es eine andere, die er nicht kannte.

So erging es ihm dann öfter. Zufrieden? Du? Und mit dem, was du siehst und denkst, dir vorstellst? Nie. Und wieder einmal redete er mit sich selbst, bewegte die Hand und schüttelte den Kopf; kam in die Tändlergasse, wo an einem Haus steinerne Bögen auf dicken Säulen die Fenster eines verschlossenen Ladens überwölbten und oben zwischen Giebeln grauer Himmel war; ging rechts durch eine andre Gasse, kam zur Buchhandlung Meerkatz und dachte an die Soirée, wo Steigleder ein langes Gedicht vorgelesen hatte, das auf die Sätze: »Was tust du? – Ich tue nichts« hinausgelaufen war und als Gespräch eines Selbstmörders mit sich selbst gedeutet werden konnte. Dazu Steigleders kantiges Gesicht mit dicken Brauen, eingesunkenen Wangen und hellen Augen, während die Tür eingeschnappt und ein Mädchen weggegangen war. Steigleder deklamierte hart akzentuiert, als hämmere er seine Wörter, das Kinn vorgeschoben.

Lächelnd und klein stand Meerkatz im roten Wollhemd vor den Regalen, wo Bilder eines berühmten Radierers hingen, der gekrümmte und verwischte Porträts machte, als sähe er die Menschen im Zerrspiegel;

dazwischen Landschaften, zerrupfte Hänge, magerer Boden mit ein paar Grasbüscheln; und Ludwig sagte: »Aha, Umweltverschmutzung.«
Meerkatz meinte, heutzutage könne die Natur nur so gesehen werden, was Ludwig nicht verwunderte. – »Trotzdem ist sie anders«, sagte Ludwig. »Wär sie wie dort«, und er deutete auf eins der Bilder, »dann lebten wir schon lange nicht mehr.«
»Das ist nicht sicher.«
»Sie haben doch schon öfters ein Stück Brot gegessen oder einen Apfel.«
»Jetzt hören Sie aber auf!«
»Nicht gleich ... Im ›Fuchsgang‹ habe ich einmal etwas gegessen, das sah aus wie Putzwolle in Maschinenöl. Es waren irgendwelche Schoten. Aus Griechenland.«
»Meinen Sie, weil Putzwolle in Maschinenöl niemand essen kann? No ja ... Alles Natur, was wir essen. Stimmt.«

Behaglicher Mann, der Meerkatz; der ließ sich nicht drausbringen; dem kam es darauf an, daß sich die anderen über ihn ärgerten. Einer wie Ludwig gehörte nicht dazu. – »Den lehnen wir doch ab«, hatte Steigleder über ihn gesagt, und Ludwig fragte Meerkatz, ob er Steigleder zustimme.
»Nein. Sie sind doch ein Freund.«
Ludwig schaute Bücher an, die auf Hockern gestapelt waren, giftgrüne Broschüren mit dem Aufdruck ›Che lebt‹, in denen Aufsätze des Guevara in winzigen Buchstaben zu lesen waren, Sendschreiben, die Anwei-

sungen zum Bürgerkrieg enthielten, und über denen stand: ›Schaffen wir zwei drei viele Vietnam.‹ Meerkatz warf die Hand beiseite und sagte, das sei längst veraltet: »Obsolet geworden. Eine Masche der Vergangenheit.«
Die Masche der Gegenwart war vielleicht ›Ausgewählte Worte des Jesus Christus‹. Nein, so etwas hatte nur den Reiz des Kuriosen, beinahe wie die Worte des Vorsitzenden Mao tse tung. Jetzt kämpfte man für die Verstaatlichung der Produktionsmittel; übrigens hatten das die Russen längst verwirklicht. Nein, nicht wie diese; man dachte sich das anders; deren Weg hatte nur in Parteibürokratie geführt. Die Neuesten und Jüngsten wollten auch eine Parteibürokratie, allerdings die ihre; weshalb Ludwig meinte, alles laufe nur auf Sklaverei hinaus, auf Unterjochung, sei's von diesen, sei's von jenen.
»Nein«, sagte Meerkatz, »so einfach ist es nicht. Es ist da irgendwo ein Unterschied, weil man doch jetzt gewissermaßen aufs antiautoritäre Kalbfell schwört.« Allerdings seien sich alle jungen Parteigelehrten darüber noch nicht einig. »Jedenfalls ist, was mein Publikum betrifft, die Pornographie ausgereizt und ins Populäre abgesunken«, sagte Meerkatz, und Ludwig sagte, dann rechne er sich also zu einer Elite? Meerkatz wiegte den Kopf und antwortete, das sei eine heikle Problematik, sehr komplex. »Das Selbstverständnis der Bürger muß jedenfalls erschüttert werden; und schließlich ist der Informationswert der Pornographie recht minimal.«
›Lucys Lustbuch‹ war wie ein unzerreißbares Kinder-

buch auf dicke Pappe gedruckt. Fröhliche Farben: Orangerotes Fleisch, lila schillernde Damenhöschen, die von gesunden Popos abgeschält wurden, Vagina und Phallus enorm deutlich; und lachende Gesichter und gespreizte Schenkel, alle prall.

Meerkatz lächelte, schaute von der Seite, blätterte in Rechnungen und flüsterte ins Telephon; es mußte persönlich sein, doch konnte Ludwig, weil Meerkatz hinter der Theke stand, nicht verstehen, was er sagte. In den Gewölben war es frierend hell, weil tagsüber Licht brannte, lauter Neonstäbe. Und diese junge Frau mit dem strengen Profil, deren Mann als künftiger Jungfilmer auf einer Filmakademie studierte, saß, das Haar gescheitelt, hinter der Schreibmaschine und tippte Fakturen.

Ein dickes Mädchen rauchte eine Zigarette; sie stand an einem Tisch aus weißem Kunststoff, den Ellenbogen aufgestützt, und lächelte herüber. Hinter seiner Theke glitt Meerkatz hervor und brachte eine Flasche. Er winkte Ludwig, stellte die Flasche auf den Kunststofftisch und sagte: »Nicht schlecht, wos?« Dann flüsterte er mit dem dicken Mädchen, das frisch ausschaute, sauber, mit rosiger Haut. Sie lächelte Meerkatz schräg von oben an, hielt ihre Zigarette zwischen gepolsterten Fingerspitzen seitwärts und sagte: »Ich habe einen schönen Mund.« Der war zierlich geschwungen. Ludwig dachte an Friederikes Mund, der breiter war und, in der Erinnerung, wie ausgefranst erschien; er gehörte auch zu einem anderen Gesicht, das aussah, als ob es Gebrauchsspuren hätte, eine Abnützungserscheinung. Und hier das glatte Gesicht eines jungen Mäd-

chens. Sonderbar, daß du bei der Frau Köberl nie an Abnützung und Alter denkst.
Er schaute auf das Mädchen, lächelte und fragte, was sie tue oder mache. – »Ich lasse mich als Sekretärin bei ›dpa‹ ausbeuten.« – »Daß Sie dialektfrei reden, ist bewundernswert. Wenn ich es nur auch könnte«, sagte er. – »Ach, Sie ... Sie sind doch froh, weil Sie nicht so glatt reden, wie ich's kann.«
Sie erzählte, daß sie Haschisch probiert habe, und sagte: »Es sensibilisiert die Haut. Man merkt's, wenn man gestreichelt wird. Aber das kann man auf andere Weise auch erreichen.« Ludwig fragte: »Und dabei denken Sie an die Revolution?«
Sie lachte, trank einen Schluck und hob das Glas: »Jetzt trinken wir auf Josef Stalin.« – »Auf Stalin?« sagte Meerkatz; dem war's nicht wohl dabei. Und Ludwig sagte, er trinke auf den Fürsten Thurn und Taxis.« »Ja, auf den!« rief das Mädchen, und ihr Gesicht war hell. Den beneidete sie, und Ludwig freute es, daß sie jetzt ehrlich war. Immer noch war der einstmals regierende Fürst eine bewunderte Persönlichkeit, deren Leben gereinigt erschien, abgerückt von Schweiß und Dunst.
Das Mädchen hatte spitze und schwarze Wildlederschuhe an, in denen sie nur trippeln konnte und sich hüten mußte, umzukippen; dies aber nahm sie auf sich, um elegant zu wirken in ihrem verwaschenen Kleid, unter dem der Büstenhalter fehlte. Ob Friederike, die neben ihm an der Donau gelegen war, einen Büstenhalter trug, wußte er nicht, und weshalb? Weil sie sich hinter Weidenzweigen aus- und angezogen hatte.

Lange warten müssen und sie wiedersehen wollen.
Nein, lieber nicht. Es vergessen, es darauf ankommen lassen; vielleicht näherte sie sich von selbst. Und er ging über die Steinerne Brücke, sah sich in der Vorstadt um, wo Jahrmarktsbuden standen und auf einer Wiese an der Donau ein Karussell, sich drehend, dudelte und flötete, mit Tschinellen klingelte und Becken klirren ließ. Er sah auch die Karussellorgel, wo Figuren mit den Armen zuckten, eine halbnackte Dame den Arm rückte, über Orgelpfeifen gespiegelte Wasserlichter huschten und wo ihm einfiel, daß Friederike zwei Mal von ihm hatte hören wollen, wie sich Wellenlichter auf der Mauer eines Hauses an der Donau geregt hatten.
Noch immer denkst du an sie und weißt nichts von ihr.
»Hier trifft man den Herrn Ludwig! Hier fällt's dir leicht, dich wieder einmal aus der Realität wegzuschleichen.«
Es war Max, und Ludwig sagte: »Die Orgel kannst du jedenfalls anfassen.« – »Ja, schon ... aber sie ist obsolet. Veraltetes gehört zur Scheinwelt.« – »Warum bist du dann hier? Hinterm Bahnhof, wo die Ölraffinerie steht, dort gehörst du hin. Und warum pflegst du keine Epileptiker, keine Geisteskranken oder sorgst nicht für Gescheiterte, Randexistenzen, wie man heute sagt?« Und er fragte Max, ob ›die Gesellschaft an der Basis verändern‹ nicht so etwas wie Zuckerwatte sei, die drüben beim Türkischen-Honig-Verkäufer geschleckt werde. »Du redest zum Beispiel von Luftverschmutzung und hast ein Auto. Oder du sagst, der Arbeiter werde versklavt, und das Geld, von dem du

lebst, schickt dir dein Vater; der aber verdient's mit seiner Druckereimaschinenfabrik ... Ich meine, alles sollte nicht so laut, so penetrant ... Es ist doch Mist, dieses Geschwätz.«
Das Zwielicht mischte sich herein. Ludwig dachte, es sei töricht, sich mit Max zu streiten, und sagte: »Sonst verstehen wir uns ja.«
Sie gingen weiter. In einer Bude standen Puppen auf Regalen, und eine trug ein langes Kleid; es war gefältelt, dicht unter der Brust gerafft, wie um achtzehnhundert. Eine Karbidlampe brannte auf dem Tisch. Ludwig fiel auf, daß der Weg zwischen den Buden gelbsandig wie im Wald war und manchmal Flecken hatte, als wäre Salz verschüttet worden. Ein Bretterzaun, über den weder Max noch er hinwegsehn konnte, umgab ein Gartenhaus, das mit Schindeln gedeckt war, wie man's früher gemacht hatte, doch waren Schindeln und Bretter neu und rochen harzig. Max sagte, das sei etwas anderes.
Es war ein Wirtshaus mit Wirtsgarten, und zwischen leeren Holzbänken ging langsam ein Fasan; er pickte auf dem Grasboden und stolzierte weiter. Wo der Zaun fehlte, hatte ein Rosenstrauch einzelne Blüten, und die Uferwiesen waren bis zu einer altmodischen Villa leer und bläulich. Dann war noch ein Garderobenständer da, an dem ein Strohhut mit einem langen blauen Band aus verwaschener Seide hing.
Als sie wieder zurückgingen, sagte Max, er könne nicht verstehen, daß Ludwig dort drinnen einen Fasanen und einen Bänderhut gesehen habe; der Garderobenständer freilich, der sei dagestanden: »Wenn man

den in seiner Bude hätte ... Ich würd Bilder von Hitler, Wilhelm dem Zweiten und von Jesus dran aufhängen.« »Nun ja, du, als Architekt«, sagte Ludwig und sah ein großes Auge in einem Dreieck als Öldruck auf dem Weg liegen, bückte sich und merkte, daß es eine Pfütze war, in der sich der Mond spiegelte.

4

Watmarkt hieß eine enge Gasse nicht weit von der Apotheke, wo Ludwig vorbeiging. Im Watmarkt in der Kram- und in der Tändlergasse waren wie in vielen Gäßchen nur Schritte zu hören, Schritte und Gespräche, Türenschlagen, oder daß jemand einem andern etwas zurief. Der Verkehrslärm summte weitab. Hier war nur der Schatten hoher Häuser und gegen Mittag weißes Licht und Sonnenwärme neben Mauerkühle, während oben Fenster blitzten und der Himmel blau war.

Ludwig dachte an einen Weg im Wald, der sich wie die Watmarktgasse krümmte, über den im Gegenlicht eine Wolke hereinschaute und wo ein Granitbrocken zwischen niedern Beerenbüschen lag. Eine Schlange rutschte über den Weg und verschwand hinterm Granitstein bei einem Tännlein, während Donner in der Ferne rumpelte. Denn er sehnte sich nach dem Wald, und ihm fiel ein, wie er damals hinausgesehen hatte in das Land, eine Weite, wo in Feldern geheut wurde und ringsum Kuckucke riefen, einer nach dem andern ... Und als dann in der Watmarktgasse ein Bub barfuß und in kurzer Hose an ihm vorbeiging, dachte er, wie warm sich die Straße vor dem Wirtshaus seines Vaters mit nackten Füßen an einem Tag wie heut anfühlte, und hörte jemand sagen: »Wie du den Buben da beneidest!«

Sie war's und ging neben ihm, und er merkte, daß sie eine Handbreit größer war als er. Er hörte ihre Schritte. Ein Lächeln, und daß sie sich vorneigte, das kam auch dazu.

»Willst du heraufkommen? Du, ich geh' vielleicht voraus«, sagte sie, stemmte sich gegen eine hohe Tür, deren Spalt ein Lederpolster offenhielt, und flüsterte: »Ich laß oben die Glastür angelehnt.«

Hinter ihr trat er in eine Durchfahrt mit Gewölbe und Pflaster, wo im Hof, der hell war, eine Kutsche mit blanken Lampen wartete. Ein Gaul war vorgespannt, als ob jemand ausfahren wolle; aber das gab's doch heute nicht mehr.

Über Briefkästen waren elektrische Zähler an der Wand festgemacht, und Leitungen verzweigten sich wie Spinnenfüße. Neben einer dunkeln Treppe, deren Geländer dick und schwer war, und über die sie jetzt im hellen Kleid hinaufstieg, stand ein himmelblaues Dreirad.

Er wartete, bis sie oben hustete, ging über graue, ausgewetzte Stufen, kam in ein weites Vestibül, wo Steinplatten glänzten und bei einem Fenster mit gemeißelter Bank ein Kinderwagen stand; dann fand er eine steile Stiege. Weiter oben waren Bretterverschläge und Türen mit Messingklinken. Eine Glastür stand offen und führte in einen Vorplatz; dort stand ein blinder Spiegel und auf einem Klavierstuhl ein Telefonapparat. Sonne schien vom Hof herein.

Eine Tür war angelehnt. Er drückte sie auf und kam in ein Zimmer, wo Teppiche lagen und in einem Glasschrank altes Geschirr stand.

Er wartete. Sie kam herein, griff sich ins Haar und sagte, leider sei Besuch bei ihrem Onkel. »Geschäfts-

besuch«, fügte sie hinzu; und sie müsse ihre Wäsche noch wegbringen. Sie hielt in der Hand benützte Wäsche, mit der sie in die Küche ging, nahm eine Zeitung von einem Hackblock und wickelte die Wäsche ein. Auf dem Spültisch aus gelblichem Kalkstein, der uralt schien und Schrammen hatte, stapelten sich Töpfe und Teller, an denen Essensreste klebten. Sie sagte: »Ja, besonders ordentlich und fleißig bin ich nicht. Geschirr abspülen, das ist meine schwache Seite.« Ludwig erwiderte, das sei nur gut, gewissenhafte Leute seien sowieso langweilig, und fügte hinzu: »Denk nur an mich.« – »Allerdings: Wärst du gewissenhaft, dann hättst du dich niemals mit einer wie mir angefreundet ... Aber ich hätt es gerne ordentlich. Das kannst du mir glauben«, sagte sie und sah durchs Fenster über alte Dächer, als bemerke sie weit draußen etwas, das ihr nicht gefiel. Sie nickte ihm zu und sagte: »Schönes Wetter, heute ... Zum Baden ideal, aber jetzt geht's leider nicht.«
Das Papier um die Wäsche war aufgegangen; ein Büstenhalter fiel heraus, und sie bückte sich schnell, als wolle sie etwas wegschaffen, das er nicht sehen durfte, oder wolle es verheimlichen. Und sie war dicht bei ihm und sagte, daß er ihren Atem spürte: »Du bist für mich viel zu sauber ... Denk bloß an meine schmutzige Wäsche.« Dabei lachte sie.
Sie ging vor ihm die Wendeltreppe abwärts und wartete auf einem Podest, wo an der Wand ein ausgestopftes Wiesel auf einem vertrockneten Ast den Hals reckte. Sie küßte ihn, schmiegte sich an, als wolle sie mit ihm im dünnen Kleid zusammenschmelzen; dann

taumelte sie weg und hielt sich am Geländer. – »Wenn's überraschend kommt, dann wird's ganz wild«, flüsterte sie, und Ludwig hatte Mühe mit sich selber. Sie schaute auf die Stiege, hatte nackte Beine mit Sandalen, die ihr an den Fersen schlappten. Dann merkte sie, daß sie ihr Wäschepaket auf dem Podest hatte liegen lassen, und er war froh, zurücklaufen zu können; nahm das Bündel vom Boden auf und meinte, es sei warm geworden. Alles viel zu heiß, und eigentlich solltest du's wegwerfen, doch wozu? Und schließlich brauchte sie die Wäsche, von der ihm ihr Büstenhalter recht zerschlissen vorgekommen war.
Der Geruch der Treppe, der Geruch der feuchten und schattigen Einfahrt. Friederike zeigte auf das Lederpolster im Türspalt; dies erschien ihm jetzt wie ein Organ. Gut, daß du kein Mediziner bist, dachte er und hörte wie sie sagte: »Mein eingeklemmtes Herz«. Und er dachte: vielleicht bildest du dir alles ein.
In der Grabenstraße gingen sie an Meerkatzens Buchhandlung vorbei. Ludwig hoffte, Meerkatz werde ihn nicht sehen. Sie aber wußte schon Bescheid und sagte: »Dort gehörst du auch dazu.« Und als er eine abwehrende Handbewegung machte: »Ist doch nichts Schlechtes! Wenn man dabei ist und nicht mitmacht, sieht man's schärfer. Du hast schon recht und machst es richtig, denn du bist nur dabei. Später wird es dir verklärt erscheinen, denn es war vergänglich, ein Hauch der Zeit.« Und sie meinte, heut sei natürlich eine Schwindelzeit, in der's einem leicht schwindlig werde; »falls man es nicht gewöhnt ist«.
»Du bist alles gewohnt«, sagte er. Sie sah scharfäugig

her, als dächte sie: sei auf der Hut ... Dann aber schlenderte sie wieder, als ließe sie sich schieben, schwenkte ihr Wäschebündel, flüsterte: »Hoffentlich fällt's mir nicht wieder aus der Hand«, und sagte, vielleicht müßten er und sie sogar einmal in einem Gasthof auf dem Lande übernachten: »Was für dich schrecklich wäre, wie?«

Sie war jetzt wieder allzu nahe. Hier auf der Straße ... dachte er und atmete auf, als sie ein grünliches Papierblatt aus dem Kleidausschnitt zog und ihn bat, diesen Scheck für sie einzulösen; sie gehe währenddem zur Reinigungs-Madame hinüber. Ich treff dich wieder vor der Bank. Ja, hier ... Dreh dich nur um und geh hinein.«

Auf dem Scheck stand ein Name, der sich wie Wiochewicz oder Wohlschütz las, und er dachte, Friederike Wohlschütz passe gar nicht schlecht; ging hinein und meinte, als er den Scheck vorlegte, der Mann am Schalter habe ironisch gelächelt.

Ludwig bekam das Geld und wartete auf dem Trottoir. Er sah hinüber zur Chemischen Reinigung, die ein bläuliches Schild hatte.

Dann hielt sie ihn am Ellenbogen fest und wollte wissen, wie es in der Bank gewesen sei; er solle alles ganz genau beschreiben, weil sie's gerne von ihm höre. »Und weil du es gut kannst.«

Er erzählte ihr vom Kassierer und wie ihn der mißtrauisch oder erstaunt angesehen habe. Sie sagte: »Ach, der ... Ja, den kenn ich. Und genauso ist er auch zu mir ... Und wer war sonst noch drin? Keine Kunden?« – »Doch. Vor mir ist ein alter Mann gestanden, vielleicht ein Rentner; einer in einem grünen Lodenmantel. Und ein Fräulein hat Geld eingezahlt.« – »Wieviel?« – »Das weiß ich nicht.« – »War's eine mit hohen Stiefeln?« – »Ja, jetzt fällt's mir wieder ein. Ich hab gedacht: bei dieser Hitze geht die in Schaftstiefeln ...« und er erinnerte sich an die engen Stiefel aus dünnem Leder, die ihr bis unters Knie gegangen waren; wie Schuhe seiner Großmutter waren sie ihm vorgekommen, die man um neunzehnhundertzehn Knöpfstiefel genannt hatte. Übrigens Schuhe, die schon seit einem Jahr oder noch länger beliebt waren. Und er wunderte sich, weil sie alles genau wissen wollte.

»Wünschst du dir solche Stiefel?« fragte er. Sie lachte, warf die Hand beiseite: »Was du dir immer denkst! Ich hab auch solche. Morgen ziehe ich sie an, das heißt ...« Und sie sah zum Himmel auf: »Nein, vielleicht noch nicht. Weil's morgen wahrscheinlich so schön wie heute sein wird.« Und sie erklärte ihm, daß solche hohen Stiefel bei Regenwetter und im Auto praktisch seien: »Darin hast du einen Halt.«

Die sprach jetzt über Stiefel und dachte an etwas anderes; oder sie wollte verhindern, daß er auf andere Gedanken kam und sie etwas fragen könnte, das ihr unangenehm war; um ihn abzulenken, redete sie von den Stiefeln und fragte nebenbei, ob jenes Mädchen drinnen in der Bank vielleicht Sekretärin gewesen sei. »Sie hat einen Stapel Briefe an die Brust gedrückt. Es waren frisch frankierte Briefe, falls dich das interessiert. Wahrscheinlich hat sie noch auf die Post gehen wollen.« Und er beschrieb den Kassenraum mit seinem

Dämmerlicht, und daß hinter der Theke viele an Schreibtischen gesessen wären, ein richtiges Durcheinander und alles ziemlich laut, weil Rechenmaschinen gerasselt hätten, telefoniert und gesprochen worden, da einer aufgestanden und hinausgegangen und ein anderer hereingekommen sei; zwei hätten ihre Jacken ausgezogen, und ein Mädchen hätte beim Telefonieren in ihren Schuh gegriffen; erzählte auch von den Neonlichtstäben an der Decke und sagte, die Leut dort müßten, scheint's, immer bei künstlichem Licht sitzen, und es seien, wie gesagt, sehr viele.
»Das ist es ja gerade«, sagte sie und schaute auf die Seite. – »Wär's dir lieber, wenn nur wenige ...?« – »Nein. Natürlich nicht«, sagte sie schnell und fügte hinzu, das sei ihr nur herausgerutscht, weil sie nicht gerne unter vielen Menschen sei, doch hörte sich's wie eine Ausflucht an. Sie streckte den Arm hoch, daß ihr rötlicher Haarflaum in der Achselhöhle glänzte, sagte: »Herrliches Wetter ... und ich schwitze. Es wäre schön, jetzt mit dir wegzufahren. Weißt du: Alles vergessen und wegsinken. Bloß kann ich mir das jetzt nicht leisten.«
Sie lächelte. Ihr breiter Mund gefiel ihm. Sie schob alles fort, was ihn mißtrauisch machte, und er sagte: »Du hast doch g'sagt: Ich tue nichts. Ich hab mich frei gemacht ... Erinnerst du dich noch?« – »Ja, schon. Das stimmt, aber ganz stimmt es trotzdem nicht. Ich hab den Mund zu voll genommen. Und ob es so gewesen ist, wie du jetzt sagst, ist auch nicht sicher.«
Sie brauchte ihm ja nicht alles zu erzählen. Dir ist's recht, wenn du nicht genau weißt, wie sie lebt. Es war

immer besser, wenn man sich bei einem andern – und speziell bei einer Frau – noch etwas hinzudenken mußte. Alles brauchte nicht offen dazuliegen, und schließlich kannten sie sich erst seit einer Woche; nein, ein bißchen länger ... Es war fast wie eine Entdekkungsreise. Und er dachte an ihre Wohnung im alten Haus, stellte sich vor, wie's wäre, wenn er allmählich und in langen Zwischenräumen erführe, wer zu ihr gehörte, woher sie kam, wie in ihrer Wohnung die Türen knarrten, wer dort sonst noch wohnte, aber jetzt vielleicht gerade weggegangen oder verreist war; ob die Handtücher im Bad feucht oder frisch und trokken waren; und er meinte, feuchte würden zu ihr besser passen. Ihre Zahnbürste war struppig und hatte nicht mehr alle Borsten. An einer zerdrückten Tube mit Zahnpasta fehlte die Verschlußkappe, und von der Badewanne war das Email an einer Ecke, dort über der eisernen Löwenpranke, abgeblättert; denn ihre Badewanne stand auf Löwenpranken. Und das dachte er jetzt nur, weil er als Bub in solch einer gebadet hatte.

»Sag, hast du einen Badeofen, der mit Holz geschürt wird?« fragte er.

»Woher weißt du das?« Und sie schien froh zu sein, weil er vom Badeofen sprach; nun mußte sie sich nicht mehr drum bemühen, ihn von seinen Fragen abzulenken; denn er hätte gern gewußt, weshalb sie hatte wissen wollen, wer in der Bank gewesen war. Und langsam gingen sie wieder zurück.

Sie sagte, irgendwo habe sie einmal gelesen – »auch in der Zeitung kann's gestanden haben« –, es sei wichtig, sich jede Kleinigkeit zu merken. Jeden Tag habe einer seine Frau gefragt, was sie auf der Straße gesehen habe: »Das war irgendeiner aus Berlin. Und der hat seine Frau richtig erzogen, daß sie aufpaßt ... Und jetzt denkst du schon wieder etwas Spöttisches! Mit dir kann man nicht reden.«

»Ich denke bloß, dann sei es bei uns umgekehrt, verglichen mit diesem Berliner Ehepaar.«

»Aber wir sind doch kein Ehepaar? Na also«, sagte sie.

Sie hatte aufgeatmet. Als er das Gespräch auf die lustige Seite gedreht hatte, war sie froh gewesen. Endlich will er nicht mehr wissen, weshalb ich ihn ausgefragt habe ... das offenbar hatte sie wohl gedacht. Und warum hatte sie ihn ausgefragt? Weil ihr Bankkonto schmal war, oder weil sie's überzogen hatte? Dann wäre sie doch selbst hineingegangen und hätte den Scheck eingelöst. Oder wollte sie nicht, daß die Bankbeamten sich ihr Gesicht merkten? Es brauchte ja nicht sie zu sein, die den Scheck geschrieben hatte. Und schließlich lebte sie hier recht versteckt, und ihr Dialekt ... Aber sie sprach nicht Dialekt. Vielleicht deutete eine Färbung ihrer Redeweise darauf hin, daß sie aus Sachsen war; nein, eher aus dem Böhmischen oder von weiter oben her, Schlesien zu; auch Bayerisches war darin.

Das war für Ludwig eine sympathische Herkunft, nur wurde er nicht klug aus dieser sogenannten Friederike; denn allmählich zweifelte er auch daran, daß sie so hieß, doch war's gleichgültig, und er ließ es weiterlaufen. Bei der spielt etwas hinein, das du nicht kennst... Es einmal drauf ankommen lassen, dachte er. Es hieß ja, in der Jugend habe man vielerlei Möglichkeiten, und es sei gestattet, allerlei kennenzulernen, auch wenn's nicht ganz in Ordnung war; und ›in Ordnung‹ war eine wie Friederike Wohlschütz (nennen wir sie einmal so) jedenfalls nicht. Dich umschauen, etwas ausprobieren und nicht alles glauben, was man dir erzählt... Aber kannst du dich sonst und heutzutage auf etwas verlassen? Ja, auf deine Arbeit... Und er bemühte sich, alles, was mit Friederike Wohlschütz zusammenhing, durch Arbeit wegzuschieben.

Es fiel ihm schwer; immer wieder drang sie in seine Gedanken ein. Da war sie und schaute ihn an, obwohl sie nicht in der Bibliothek war, wo er las und schrieb. Dann traf er sie auf der Steinernen Brücke. Er sah sie dort, wo die Brücke anstieg, und sie kam von unten her. Jetzt ragte sie bis zu den Knien aus dem Stein und verlängerte sich, während sie näherkam; sie winkte ihm, und er winkte ihr zu. Dann sagte sie: »Ich freu mich, weil ich bei dir bin.« Ging mit ihm am Fluß, wo eine stillgelegte Fabrik und eine Villa mit verwitterten Sandsteinvasen stand.

Sie sagte: »Ich hab mir schon gedacht, daß es dir hier gefällt; weil es ein bißchen brüchig ist.«

Baumschatten waren auf der Straße, die im Gegenlicht weiß erschien. Ihre Fingerspitzen ließ sie beim Gehen an rostigen Staketenstäben entlanggleiten und sagte, als ob sie mit dem verwilderten Garten spräche, der dahinterlag: »Leider muß ich länger in der Villa bleiben. Also, auf bald.«

Sie winkte von der Treppe und verschwand. Er kehrte um, schaute durch staubige Fenster in die Fabrik hinein. In einem leeren Saal fehlten Steinplatten auf dem Boden, der da und dort Grasflecken hatte.

Ein rostiger Steg führte über einen Seitenarm der Donau, wo ein Fischer drei Angeln zwischen Weidenbüschen ins warme Gras gesteckt hatte und schwitzend von einer zur andern lief, weil sich hier Schmerlen angesammelt hatten, um zu laichen. Es war heiß und schwül, die Weidenblätter glänzten.

Während er hier ging und ins Licht blinzelte, kam ihm alles sinnlos vor. Er hatte sie gesehen, und sie war wieder verschwunden. Da hatte er also gedacht, er habe jemanden gefunden, der zu ihm gehöre, und der Jemand drückte sich beiseite. Die ist ein zwielichtiges Luder, dachte er und merkte, daß sie ihm deshalb gefiel. Vielleicht legte sie es darauf an, daß er neugierig wurde, und das war nicht schlecht.

Trotzdem beneidete er wieder mal Frau Köberl und den Malermeister, beneidete Mario aus Neapel und dachte, er selber hänge bloß herum; weshalb er sich von neuem an die Arbeit machte und zu sich selber sagte, es habe keinen Sinn, in eine andre Lebenssphäre sich hineinmischen zu lassen, denn schließlich sei er jetzt Student.

5

Max sagte, daß es drauf ankomme, etwas zur Lösung der gesellschaftlich-politischen Mißverhältnisse beizutragen. Die Kunst zum Beispiel ... also die sei nur affirmativ und werde für eine Clique produziert, die meine, daß sie diese Kunst verstehe; übrigens eine spätbürgerliche Clique, die sich immer nur multimedial und interdisziplinär bestätigen lasse.

»So ist's«, sagte Ludwig und hörte Steigleder zu, der in der Mensa mit Fräulein Doktor Schnell sprach. Sein leergegessener Teller stand zwischen ihm und Steigleder, der mit gespannten Wangen und kantiger Stirne, das Haar schwarzfettig, zur Schnell sagte, wenn sie über konkrete Poesie sprechen und selber konkrete Poesie herstellen wolle, müsse sie die alogischen Voraussetzungen in der Praxis kennenlernen und beispielsweise bewußtseinserweiternde Drogen nehmen; erst dann verstehe sie Michaux und Ginsberg.

»Untergräbt Steigleder jetzt ihr Selbstverständnis, oder stellt er ihr Bewußtsein in Frage?« sagte Ludwig, und Max antwortete, über Steigleders Absichten wisse er nicht Bescheid, doch sei's immerhin möglich, daß er mit ihr ins Bett gehen wolle.

»Das wäre dann eine konkrete Absicht«, sagte Ludwig, und Max redete über Bekanntschaften im allgemeinen, sagte, nicht jeder Fehltritt werde in der Jugend angekreidet, auch wenn man einmal abseits gehe. Und Ludwig sagte: »Hast du bestimmte bewußtseinserweiternde Bekanntschaften im Auge?« – »Genau solche«, sagte

Max und streckte den Zeigefinger aus. – »Es kann nur gut gemeint sein, wenn einen dann ein Freund wiederum auf den rechten Weg führt«, erwiderte Ludwig und fügte hinzu: »Du brauchst trotzdem noch nicht um mich besorgt zu sein.«
»Wer ist sie denn?«
»Ja, das ist schwer zu sagen, weißt du ... Sie ernährt sich von einem Gewerbe, das ... Also, sie ist Stewardeß und hat ein halbes Jahr Urlaub, um einen Kreislaufschaden zu kurieren.«
Max schob die Lippen vor, nickte, schaute auf die Seite, als schmecke er Ludwigs Behauptung ab, und sagte: »Dann wünsche ich ihr gute Besserung.«
Wußte der mehr? Oder kannte er sie gar? Max war hier zu Hause, und sein Vater gehörte einem Honoratiorenstammtisch an, zu dem manchmal sogar der Polizeipräsident kam. Bis jetzt aber sah's nur so aus, als ob Max neidisch wäre. Und warum hast du eigentlich das mit der Stewardeß auf Krankenurlaub zu ihm g'sagt?
Es war ihm in den Sinn gekommen. Und es wär interessant, wenn sie Stewardeß wäre ... Die Figur dazu hatte sie jedenfalls. Freilich, ihre Fingernägel waren ungepflegt, und Stewardessen mußten sich doch immer so herrichten, daß sie für Gäste des sogenannten ›Jet Set‹ akzeptabel waren oder attraktiv erschienen. Manager und Bosse, Geschäftsleute, die internationale Verbindungen pflegten, wollten, wenn sie flogen, Mädchen ihrer ›Bewußtseinssphäre‹ um sich haben.
Je länger er an sie dachte, desto mehr erschien sie ihm als eine solche. Er stellte sich vor, wie sie zwischen den

Polstersitzen eines Flugzeugs Tabletts jonglierte und, ›auf dem Strich‹ ging; denn er erinnerte sich, gelesen zu haben, Mannequins, Stewardessen und Foto-Modelle müßten lernen, beim Gehen einen Fuß so vor den anderen zu setzen, als gingen sie auf einem Strich. So ging auch diese sogenannte Friederike Wohlschütz auf langen und geraden Beinen, und daß sie jetzt ein bißchen zerzaust und struppig aussah, paßte zu dem Urlaub, den er ihr gedankenweis zubilligte. Auf diese Art erholte sie sich von der Anstrengung, gepflegt und elegant daherkommen zu müssen. Gewaschen aber war sie gut, und Parfüm hatte sie (zum Glück) auch keines an sich. Eigengeruch war jedenfalls anziehender als irgendwelche Düfte, obwohl der Geruch trockener Lavendelpflanzen, die seine Mutter in die Wäsche legte, ihm sympathisch war.

Er hatte also etwas übrig fürs Natürliche; ›natürlich‹ aber war die Wohlschütz nicht, und Ludwig wunderte sich, weil er sie bei sich ›die Wohlschütz‹ nannte. Deren Natürlichkeit war doch bewußt zurechtgestutzt und arrangiert. Und er meinte, bemerkt zu haben, daß sie immer wisse, was sie sagen und wie sie sich bewegen müsse; auch dies hätte zu einer Stewardeß gepaßt. Und das staubige, ein bißchen ramponierte und altmodische Auto aus England, von dem er meinte, daß sie's gebraucht gekauft habe, paßte zum Lebensstil derer, die heute jung waren. Und schließlich war er selber heute jung.

Merkwürdig, daß du dies manchmal vergißt, wahrscheinlich, weil du dir wünschst, älter zu sein. Wer fünfzig Jahre alt war, hatte schon das meiste hinter

sich, und das kam Ludwig beneidenswert vor. Und er dachte: heiraten wirst du nie; diese Dumpfheit des Zusammenlebens, der Gewohnheit ... Später, wenn du mal an einer Schule bist, kommst du tagsüber mit genug Leuten zusammen. Und abends willst du dann für dich sein.
Aufs Für-sich-sein und aufs Zeit-für-sich-selber-haben, darauf kam's ihm an. Er dachte sich ein Leben als Lehrer aus, zum Beispiel hier. Mittelgroße Stadt mit Universität ... und wenn du partout den Zeitgeschmack auf die Zunge bekommen willst, gehst du zu Meerkatz in die Buchhandlung. Zuweilen hast du das Bedürfnis, mit einer Dame oder ›tollen Frau‹ im Ratskeller zu essen, ins Konzert, Theater, Kino oder auch ins Bett zu gehen, obwohl das Bett ... So etwas kettete allzu intensiv aneinander, falls es nicht schmerzhafte Zwiespälte aufriß, weil ihre und seine Wünsche verschieden waren; obwohl in dieser Hinsicht, soweit er Friederike kennengelernt hatte, vieles oder beinahe alles ›okay‹ zu sein schien. Jedes intime Beisammensein aber hatte einen ›hohen Informationswert‹.
Er lächelte für sich und schaute, nicht weit vom Gasthof zur ›Ente‹, von dem Frau Köberl erzählt hatte, auf die Donau; dann ging er neben niedrigen Häusern, sah durchs offene Fenster eines Dachzimmers ein Bücherregal mit abgeschabten Lederrücken, wunderte sich, weil es so etwas in dieser Gegend gab, und dachte: vielleicht von einem Kollegen ... als sie in ihrem altmodischen Klapperkasten näherfuhr, hielt und die Bremse kratzen ließ.
Sie gefiel ihm. Wenn sie den nackten Arm hochstreckte

und Haar in ihrer Achselhöhle glänzte, wenn sie mit großem Munde lächelte, zwischen dunkeln Wimpern ihre grauen Augen glitzerten, das dünne Kleid alles ahnen ließ, was sie darunter hatte (du hast's an deinen Fingerspitzen, sozusagen), gehörte er zu ihr. Gescheit war sie immerhin auch. Vielleicht, daß irgendwer hätte behaupten können, Friederikes Achselhaare und ihr Lächeln hätten einen hohen Informationswert.
»Setz dich herein. Wir fahren jetzt zu mir.«
Sie fuhren. Der Saum ihres Kleids war hoch hinaufgerutscht. Sie lachte: »Wenn du das tust, kommt's zu einer Karambolage. Es mindert meine Fahrtüchtigkeit, als hätt ich acht Promille ... Du regst mich furchtbar auf!«
Sie stieß die Fußbremse bei der Einbiegung zur Steinernen Brücke hinein. Ihre Sandalen hatte sie ausgezogen: »Mit nackten Füßen hast du die Pedale besser im Griff. Doch davon versteht ein Radfahrer nichts.«
Sie schaute her, fuhr unerwartet los, machte die scharfe Biegung im kräftigen Tempo, so daß er an sie gepreßt wurde. – »Auch noch im Polo-Hemd, damit gleich Haut an Haut gedrückt wird, wie? Du hast ja keine Ahnung!« rief sie und wand sich mit dem Wagen an den anderen vorbei. Die war's gewohnt, sich durchzuwinden, alle andern hinter sich zu lassen. – »Und ein Parkplatz ist vor der Apotheke. Herz, was willst du mehr«, sagte sie.
»Ja, ich will mehr.«
»Ich auch. Und ich werd es dir beweisen!«
»Ich bin gespannt.«
»Soso ...« Sie sah an ihm hinunter, flüsterte, nachdem

sie ausgestiegen waren: »Ich seh, daß du nicht schwindelst ... Da, nimm meine Mappe und halt' sie vor dich hin!«

Es war ihre abgewetzte und rissige Ledermappe, prall gefüllt, als ob sie platzen wollte. – »Die stammt aus meiner Schulzeit, ist also uralt. Schöne Mappe, wie?« – »Ich habe dir ja schon g'sagt, daß für mich bloß das Alte einen Wert hat.« – »Dann muß ich mich anstrengen, Krähenfüße zu bekommen. Schließlich hab ich auch schon welche«, sagte Friederike.

Es hörte sich melancholisch an. Sonne brannte in der Gasse. Sie stieß das Tor auf, lief zur Treppe. Und im Halbdunkel wieder dieser wilde Kuß, daß er die Mappe fallen ließ. Sie schüttelte den Kopf: »Zerbrechliches ist nicht darin.«

6

So, und jetzt also ...« Sie machte die Tür auf, führte ihn hinter der Küche in eine Kammer, wo ein zerwühltes Bett stand und vor den Fenstern Dächer waren, alle mit Fernsehantennen bespickt, was stachelig aussah. Sie sagte: »So lüftet das Bett am besten aus«, schleuderte ihre Sandalen fort und zog das Kleid über den Kopf; ließ den Büstenhalter wegspringen und flüsterte: »Bleib so!« als er den nackten Fuß auf einen Schemel stellte.
Dann horchte sie. – »Ich sag es ja ... Also, immer ist etwas, wenn ich was für mich haben will! Ach, du jammervolle Scheiße!« Sie zuckte mit den Schultern, ließ die Arme fallen, zog sich wieder an. »Bleib hier. Es kommt niemand herein.« Und sie kämmte sich, sah über den Kamm hinweg, jetzt schon wieder gefaßt, ja fast ein bißchen träge, sagte: »Hoffen wir halt, daß ich ihn hinauskomplimentieren kann«, und verschwand.
Ludwig zog sich an und saß dann auf dem Bett. Er hob einen Kissenzipfel und fand dahinter eine Puderdose und einen Almanach; es war der ›Gotha‹ von 1897. Manche Seiten hatten Eselsohren, und das dicke Büchlein mit Goldschnitt sah zerlesen aus. Unterm Bett lagen Kriminalromane und ein gelbes, in Pappe gebundenes Bändchen. Er kannte es und blätterte darin; es enthielt, wie man jetzt sagte, ›fiktive Prosa‹, also Gedichte und kurze Erzählungen; der sie geschrieben hatte, war hier aufgewachsen, und Ludwig erinnerte sich an einen Herrn Blumstingl, der ihm

erzählt hatte, er habe dem Schriftsteller seine Anzüge gemacht; alles im Büchlein sei wahr, und alle Leute, die darin vorkämen, habe auch er, Blumstingl, gekannt.
Ludwig ging zum Fenster und schaute hinaus. Die Dächer hatten alte Ziegel; manche waren moosfleckig; nahebei wurde ein Dachgarten von einem gelben Kunststoffgeländer begrenzt. Ludwig meinte, jetzt könne er, wenn er strumpfsockig ginge und seine Schuhe in die Hand nähme, lautlos aus der Wohnung schleichen.
Sie kam wieder herein, zwinkerte und sagte: »Schau ihn dir an. Ich möchte wissen, was du von ihm denkst.« Sie musterte Ludwig, flüsterte: »Ich seh' bloß nach, ob alle deine Knöpfe zu sind«, und packte seine Hand. Dann zog sie ihn hinter sich her.
Im Zimmer mit den Glasschränken und den Teppichen stand ein Tisch, wie ihn Ludwig aus der elterlichen Wirtschaft kannte; auch die Stühle waren so; neben der Couch ein Radioapparat. Und Ludwig hörte wieder einmal den Namen Blumstingl, als Friederike sagte: »Die hat uns die Frau Blumstingl hereingestellt; leiser fügte sie hinzu: »Er ist jetzt auf dem Klo.«
Dann kam ein Grauhaariger mit gestutztem Schnurrbart in das Zimmer, ein Herr, der zwar mit österreichischem Tonfall redete, aber wahrscheinlich von hier war. – »Ah, Sie ... Ja, ich weiß schon. Meine Nichte sucht sich die Richtigen aus.« Er schaute auf die Armbanduhr und schaltete das Radio ein. Dann hörten sie Nachrichten.
»Verändert hat sich also nichts«, sagte der Onkel, der

anderes zu denken schien. Ludwig kam er wie einer auf der Durchreise vor, doch war daran vielleicht der Lederkoffer mit den dicken Riemen schuld, der bei der Türe stand. Der Onkel gähnte, Friederike rauchte eine Zigarette und sah gelangweilt aus; oder sie durfte sich jetzt nicht einmischen. Ludwig kam es vor, als ob ihr Onkel sehr streng wäre und sie ihm folgen müßte.

»Sie hat immer dasselbe Kleid an und pudert sich nicht mal. Stört Sie das nicht?«

»Wissen Sie, mir ist es lieber, wenn jeder so ist, wie er sein will. Gleicht sich einer dem allgemeinen Geschmack an, dann kennt man ihn nur noch ganz selten von den andern weg.«

»Aber sie gehen doch heute alle so ... nachlässig, diese jungen Leute. Wenigstens hat sie nicht solche Zottelhaare wie die andern.«

»Die fallen immer wieder ins Gesicht, und man muß sie über die Ohren streichen«, sagte Ludwig, damit etwas gesagt war. Eigentlich könntest du gehen, dachte er, überlegte sich's noch eine Weile und stand dann auf.

Der Onkel rief ihm, als er an der Tür war, nach: »Und kommen'S wieder, wenn ich mal nicht da bin!« Er grinste, gähnte, legte ein Bein übers andere und schaute zum Fenster, dessen lange Spitzenvorhänge weiß von Sonne waren und bis zum Boden reichten. Flaschen klingelten von der Gasse herauf, und Ludwig dachte an die elektrischen Autos, die nur langsam fuhren, und in denen hier noch das Bier ausgefahren wurde.

»Na und?« fragte sie auf der Wendeltreppe.
»Mühsam«, sagte Ludwig und fügte hinzu: »Ich meine, daß es mit ihm mühsam ist.«
Sie nickte: »Also, ich muß jetzt hinein. Adieu!« Und sie lief weg.
Der Onkel hatte nach ›Kavalier alter Schule‹ ausgesehen, denn jetzt trug selten einer noch hellgraue Hosen zu einer dunkelblauen Jacke, die auf Taille geschneidert war. Sonderbar, daß dir von dem nur noch sein Anzug in Erinnerung geblieben ist. Als ob nur Kleider dagewesen wären und kein Mensch.
Vielleicht war dieser Onkel weltmännisch gewesen. Und Ludwig sah ihn wieder vor sich, wie er ihm nachgewinkt und gesagt hatte, er solle einmal wiederkommen, wenn er nicht zu Hause sei.
Das konnte nur höhnisch gemeint gewesen sein. Oder dieser Onkel dachte, seine Nichte und ihre Freunde seien junge Leute, und die nähmen vieles wichtig, was so wichtig, wie sie meinten, gar nicht sei. Die Empfindungen beispielsweise.
Da meinten diese Jungen, wenn einem der gefalle und ein anderer zuwider sei, dann sei so etwas eine große Sache, die vielerlei entscheide. Nun, das konnte stimmen, manchmal traf es zu, und vielleicht wurden sogar politische Fragen von einer Mischung aus Zu- und Abneigung bestimmt. Wer wußte, ob nicht gar die Parzen, die das Schicksal woben, in Wirklichkeit Sympathie und Antipathie hießen?
Wenn auf dem Kontinent ein atlantisches Tief sich näherte und ausdehnte und das Barometer eine fallende Tendenz verzeichnete, dann war es schwieriger,

freundlich gestimmt zu sein, als wenn ein klarer Himmel alles genau sehen ließ. Einflüsse gab es, ach, du liebe Zeit ... Und immer kam's nur darauf an, wie das eigene Innenleben reagierte. Es entschied sich alles in den Ganglienzellen und den Nervensträngen, die im Alter nicht mehr so empfindlich waren wie mit zwanzig; weshalb Ludwig einen wie Friederikes Onkel intensiv beneidete.

Er tat, als ob er älter wäre, und versuchte, sich ihren Onkel vorzustellen, von dem er meinte, daß ihm jeder andere gleichgültig sei. Der überlegte, wie er möglichst viele für seine Absichten interessieren, sie einwickeln und gefügig machen konnte, weil dem die Menschen nicht mehr so verschiedenartig vorkamen wie Ludwig.

Der wußte schon seit langem, daß er auch mit dem und jenem, oder mit dieser und der da harmonieren konnte, wenn die Interessen gleichgerichtet waren; denn einem wie dem Onkel kam es doch nur auf die Interessen an. Der wußte, daß man nur durchkommen mußte; alles andere war eine Kratzbürste oder eine Schmeichelei für Nerven, die mehr oder weniger empfindlich waren. Kurios das Ganze ... mochte dieser Onkel denken.

Ob er verarmt war? Wie die beiden wohnten, und daß Friederike nie erzählte, welchen Beruf ihr Onkel hatte, das deutete in diese Richtung. Das Verschlampte paßte auch dazu.

Ludwig schlenderte am Fluß. Es war ein Tag mit gefiltertem Licht. »Teils heiter, teils wolkig« stand im Wetterbericht, und auf dem Uferweg neben der Böschung roch er das Wasser, sah, wie's weitereilte, eine grünliche Bewegung, als ob sich Leiber darin drängten; es roch und kam heran, verschwand und war immer von neuem da. Wie es sich selber reinigte, das hatte er gelesen, und dieser faulige und feuchte Geruch war vielleicht Reinigungsdunst.

Dann kam er auf die gepflasterte Straße, die zur Donaulände führte. Neben ihr war eine Mauer, hinter der ein Park vor einer Villa dunkle Bäume hatte. Draußen erschien Licht neben Wolken als eine Lasur, und Blau drängte sich zwischen sie. Er wartete, schaute in die Ferne, ging weiter, und ein Frachtschiff, alt und rostig, hatte eine träge Flagge. Vielleicht, daß es aus Ungarn kam.

Das Schiff bewegte sich wenige Zentimeter auf und ab, und niemand war darauf zu sehen; nur an seinen Kanten und seiner Mastspitze sah er, daß es schwankte. Ein Drahtseil ächzte in einem eisernen Ring an einem Steinpflock.

Es wurde hell. In der Ferne waren Hügel. Ludwig setzte sich auf eine Bank, dachte an seinen Vater, der von einem Geleitzug erzählt hatte: Vor der englischen Küste sammelten sich Schiffe. Die Küste war hellgrün, ein langer Streifen zwischen Schiffen. Es leuchtete das Wasser, und die Schiffe waren weiß und altersbraun; von der Rampe eines Flugzeugträgers löste sich ein Flugzeug, und Patrouillenboote fuhren zwischen Frachtern ... Dein Vater war auf einem Frachter mit vielen Gefangenen, und jetzt ist Friede; ein langer, im Lauf der Zeit angefaulter Friede, eine träge Flagge, und was sich ereignete, war Spiel und Leere. Zentimeterweise regte sich der Friede, bewegte sich ein

wenig auf und ab und war noch da, ein festgemachtes Schiff in einem schmalen Hafen, wo ein stählernes Tau ächzte und einer namens Ludwig vor einer Baracke saß.
»Tue, was ich sage, und ich lasse mit mir reden«, hörte er. Ludwig kannte diese Stimme. Hinter ihm sprach der Onkel mit der Nichte. Dann sah er beide vorne beim Verwaltungsbau. Der Onkel hielt sie fest, sie wollte sich losreißen, doch gelang's ihr nicht, und Ludwig dachte: vielleicht steht hinten irgendwo ihr Auto.
Er ging weiter und sah nirgends einen Menschen. Ein verlassener Anlegeplatz am Sonntag nachmittag. Ein Kind lief schreiend in ein Haus. In einer Baugrube stand ein rotes Dreirad bei einem Sandhaufen. Eine Betonmischmaschine ließ im Mischzylinder ihr Loch sehen, und in aufgehäuftem Kies steckte eine Schaufel an einem stählernen Seil.
Später kam er zu einer Villa, deren Garten bis an den Fluß reichte. Niedrige Häuser reihten sich dort aneinander; in einer Anlage stand ein Denkmal mit einer Säule, und hinter Bäumen waren Graben und Stadtmauer feucht und schattig. Ein Turm stand mit Schießscharten über einer Straße, neben sich zwei Türmchen, als hielte eine Mutter ihre beiden Kinder an der Hand.
Er ging durchs spitzbogige Tor und hatte Kühle auf den nackten Armen. Das Auto mit den Speichenrädern und dem Lederverdeck, das er kannte, stand in einer Seitengasse, wo eine hölzerne Treppe am Stadttor in die Höhe führte.
Er wartete und hoffte, daß sie käme.

Weitergehen, ohne zu wissen wohin, obwohl er wußte, daß er durch die Ostengasse ging, in den Prinzenweg einbog, zur Heilig-Geist-Gasse und ins Silbernagelgäßchen kam, wo er ein angelehntes Tor aufdrückte und hineinsah in den engen Hof mit einer Holzbeige vor dem einstöckigen Haus. Ein Silberschmied hatte hier einmal gehämmert, und das war lange her.
Nicht weit von der Kallmünzer Gasse stand sie vor der Mauer. Moosgrünliche Steine, und davor sie im hellen Kleid. Sie lächelte, machte die Lippen mit der Zunge feucht und sagte: »Kommen sehen hab ich dich natürlich längst.«
Hinter der Mauer war ein Garten, wo Stämme lagen und geschichtete Hölzer getrocknet wurden. Als sie dort hineinging, fragte er, ob sie Holzhändlerin sei. – »Wie kommst du darauf?« und: »Du bist gut«, sagte sie. »Wahrscheinlich frägst du mich auch noch, wo meine Villa steht. Dann wäre also meine Kammer hinter der Küche drüben am Watmarkt so etwas wie eine Zweitwohnung.« – »Eine Absteige«, sagte Ludwig, und sie bemerkte, damit liege er beinahe richtig.
Er wollte sagen, ja, dort liege er mit ihr nicht schlecht; wenn bloß der ekelhafte Onkel ... schwieg aber, weil sie auf den Rasen schaute, der von Motorschleppern zerrieben und wie wundgescheuert aussah. – »Wenigstens kann ich mit dir auf die Seite gehen und hier lustwandeln«, sagte sie und machte den Mund schmal.
Vor einem Gartenhaus, das mit Kisten vollgestopft war, sagte sie: »Wenn's uns gehörte, säh' es anders aus«, und fragte, wie er sich vorstelle, daß die Leut' hier früher gelebt hätten.

»Nachmittags hast du den Silberschmied hämmern g'hört, bist im Gartenhaus gesessen und hast in der Kaffeetasse gerührt; oder im Gotha gelesen.«
Sie schaute auf: »Ja, im Gotha ... Das heißt: damals hätte ich im Gotha nicht gelesen, weil ich nämlich selber drin gestanden wäre. Aber das ist eine dumme Schwärmerei. Und du hast meinen Gotha unterm Kopfkissen gefunden.«
»Mir wär's auch lieber, wenn ich achtzehnhundertsiebenundneunzig jung gewesen wäre, und nicht heut.«
Sie rechnete nach und sah auf ihre Fingerspitzen: »Wir wären also beide achtzehnhundertsiebenundneunzig einundzwanzig Jahre alt gewesen ... Nein, ich wär schon dreiundzwanzig. Und wenn du siebenundneunzig Jahre alt geworden wärst, hättest du jetzt gerade noch zwei Jahre lang zu leben. Ich aber läg schon längst in einem Klosterfriedhof. Ich hätte niemals geheiratet, weißt du.«
Er fragte: »Warum?« und sie antwortete: »Halt so ...« und lächelte.
»Also, weil du gerne unter vielen bist, willst du ins Kloster gehen? Dort bist du nämlich immer ...«
»Ja, den ganzen Tag an einer Nähmaschine sitzen, wie in der Fabrik. Aber jedenfalls mußt du nicht hinaus unter die Leute.«
»Wenn du im Gotha stündest ...«
»Ich steh doch drin ... Davon sind wir ausgegangen. Reich aber wär ich trotzdem nicht. Und Glück hätt ich auch keins. Hätt einen widerlichen alten Knacker nehmen sollen, um zu Geld zu kommen. Das hab ich aber nicht gewollt.«

»Könnt's nicht sein, daß du einen Jungen triffst?«
»Den habe ich getroffen, aber es hat nichts genützt.«
»Ach so, deshalb willst du ins Kloster. Ich verstehe.«
»Lange Leitung ...« sagte sie und fuhr mit der Fingerspitze an der Rinde eines Baums entlang, tastete sie ab und machte die Augen zu. Dann schaute sie ihn an und sagte: »Jetzt weißt du alles.«
Er dachte, daß er nichts wisse, tat aber so, als wär ihm alles klar. – »Und außerdem ist alles bloß so wichtig wie ein Geruch. Weil wir bekanntlich jetzt das Jahr neunzehnhunderteinundsiebzig schreiben«, sagte sie und fragte, ob er das bezweifle.
»Bei dir könnt ich's vergessen«, sagte er.
»Es fehlt dir bloß an der Courage, was?« Und leiser: »Übrigens soll das kein Vorwurf sein. Ich gehör zu denen, die meinen, sie hätten etwas Besseres verdient. Da bist du anders«, sagte sie.
Und er: »Mein Vater hat in Berching einen Gasthof. Und ehrlich g'sagt: Ich wünsch es mir nicht anders.«
»An deiner Stelle wär's bei mir genauso.«
»Was tut dein Onkel?«
»Geschäfte machen, sozusagen.«
»Und du bist seine Sekretärin?«
»So kann man's auch nennen.« Sie lachte, daß es schepperte. Dann schaute sie ihn an und flüsterte: »Mit dir will ich was andres haben.«

Sie warf den Kopf ins Kissen und sagte: »Was gibt es schon? Das Leben ist doch doof ... Ein bißchen beieinanderliegen, und dann reißt wieder alles ab. Auch wenn es so ist wie mit dir, reißt's trotzdem ab ... Eigentlich ist es verrückt. Ja, verrückt schön ist es mit dir, damit du's weißt!« Und sie zerrte ihn am Haar. »Du brauchst nicht viel und willst auch nicht mehr haben als du hast ... Übrigens kein Wunder, weil du alles hast ... Du denkst dir etwas aus und hast es. Du hast deinen Bezirk, wenn du allein bist. Scharf und wild und böse beneide ich dich um deinen Bezirk. Aber manchmal darf ich dort ein bißchen hineingucken?«

»Komm doch mit nach Berching. Du störst mich nie«, sagte er und streckte sich aus; erzählte von einem sandigen Weg neben der weißen Laber und daß er dort einmal im klaren Wasser Blutegel unter einem Brücklein gesehen habe. »Und weiter oben eine schwarze Schlange, als es heiß gewesen ist. Die hat sich ins dürre Gras gekuschelt; die ist zusammengerollt drin gelegen, und dann hat sie sich furchtbar g'schreckt. Hochgefahren ist die, ach, du liebe Zeit!« – »Und du hast keine Angst bekommen?« – »Und wie! Zugeschlagen hab ich mit dem Stecken. Ohne Stock darfst bei uns niemals ins Gebüsch gehn. Und immer vorher auf den Boden klopfen, bevor du dich irgendwo hinlegst.«

»Du, ich möcht mit dir einmal nach Berching. Wir fahren mit der Bahn und mit dem Omnibus.«

»Ja, ein bißchen umständlich ist's schon, bis du dort hinkommst. Und einen Rucksack solltest du auch haben. Das heißt: Du brauchst keinen Rucksack. Stopfst halt dein Sach bei mir hinein.«

»Sag, hab ich nicht gut Bayrisch g'lernt?«

»Ich kenn's schon kaum mehr von dem meinen weg.«

Sie sagte, zwar sei's übertrieben, aber hören tue sie so

etwas trotzdem gern. »Das Bayerische ist nicht weit vom Böhmischen entfernt, und ich bin doch von drüben.« Und nach einer Weile, als ob sie reue, was sie ihm verraten hatte, fügte sie hinzu, das stimme auch nur halb.

Er fragte nicht, wie sie das meine. Vielleicht erzählt sie es dir später, und dann ist's auch noch an der Zeit. Wenn sie dreiundzwanzig war, konnte sie kaum im Böhmischen geboren sein, denn Anno achtundvierzig ...

»Jetzt rechnest du nach. Ich bin Münchnerin, gewissermaßen ... Bei mir ist nämlich alles provisorisch. Wohin ich gehöre ...«

Über der Bettdecke schien sie etwas wegzuwischen, das er nicht sehen konnte. Und dann erzählte sie von ihren Eltern: »Also, die waren aus Böhmen und haben sich in München kenneng'lernt. Bei den Amerikanern. Und, um etwas weiter auszuholen, wie man sagt ... Ich denke nicht gerne daran zurück.«

»Dann lass' es doch. Du genügst mir auch so. Hauptsache, daß du da bist.«

Was sich ihre Eltern gedacht hätten, sie ausgerechnet einen Tag nach der Währungsreform (»Ja, ich bin fast so alt wie unser Geld«) auf die Welt zu schicken, das könne sie sich nicht vorstellen. »Und zwischendurch war es auch manchmal schön. Das soll man nicht vergessen.« Sie erzählte von ihrem Vater, einem Fliegeroffizier, der nichts anderes als fliegen gelernt hatte, und wie man sich benimmt. »Ja, wie man sich benimmt in sogenannten feinen Kreisen. Ein paar Sprachen hat er auch gekonnt, und das hat ihm weitergeholfen.« Als

Dolmetscher auf einem Flugplatz hatte man ihn brauchen können, und ihre Mutter war im Flugsicherungsbüro angestellt gewesen. Der Onkel, mit dem sie jetzt zusammenlebte, war damals aufgetaucht, nur hatte der halt nach dem Krieg nichst Rechtes mehr anfangen wollen, weil sowieso alles zugrunde gehe. Das war seine Entschuldigung, obwohl er Anno achtundvierzig so viel Geld wie später nie und genug Ware gehabt habe. Aus dem Schwarzhandel natürlich, woher denn sonst? Seitdem aber wollte ihm nichts mehr glücken; erhoffen freilich tat er sich noch allerlei. »Wie er sich's ausdenkt, stimmt es immer, später aber kommt etwas dazwischen. Es geht, wie man so sagt, mit der Wirklichkeit nie recht zusammen. Und meine Eltern sind bei einem Wochenendausflug im Auto umgekommen. Mich hat man aus den Trümmern herausgefischt, denn mir ist nichts passiert. Also muß ich doch für etwas ›Großes‹ aufgespart worden sein vom Schicksal, wie? Nehmen wir es einmal an ... Ich bin bei den Englischen Fräulein aufgewachsen. Darüber bin ich froh. Ich weiß seitdem, daß etwas existiert, das bleibt. Mein Onkel sagt zwar, ich sei eine Fatalistin, aber das macht nichts.«

»Ich nehm' es auch bloß hin, wie's kommt. Was bleibt dir schon anderes übrig? Vielleicht ist die Erinnerung am wichtigsten.«

»Ehrlich g'sagt, ich erinnere mich nicht besonders gern. Das ist wahrscheinlich schlecht. Und es kommt daher, weil ich nirgends hingehöre.«

»Zu mir gehörst du.«

»So? Du, das ist zum Heulen. In mehr als einer Hin-

sicht ist's zum Heulen. Aber ich heul' trotzdem nicht.«
Sie fuhr im Bett hoch, horchte und hob den Zeigefinger: »Du, er hat unten gepfiffen! Der weiß, daß ich bei dir bin.«
Sie stieg über ihn hinweg und zog sich an. Ludwig hörte einen Pfiff, und der klang wie: ›Auf in den Kampf, Torero.‹ Dann zog er sich an und sagte: »Du gehst zu Frau Köberl, setzt dich zu ihr ins Wohnzimmer, und ich geh hinunter und tu, als ob nix wär. Wenn er fort ist, komm ich wieder. Die Schuh' ziehst du erst unten vor der Küche an.«
Er ging mit ihr hinunter, klopfte bei Frau Köberl, die im Ärmelschurz war, und zu der er sagte: »Da ist die Friederike. Der gefällt's bei Ihnen doch so gut«, und Frau Köberl sagte: »Ja, das freut mich. Wenn'S alt sind, hören'S gern etwas von jungen Leuten.«
Die Glocke schellte, Ludwig sagte: »Das ist für mich« und ging langsam hinunter, daß die Treppe krachte, denn jetzt trat er kräftig auf. Zum Onkel sagte er: »Ach, Sie sind's? Und was wollen'S denn? Ach so, Sie suchen Ihre Nichte ... Geht's ihr schlecht? Sie, wenn Sie Ihre Nichte suchen, werd' ich auch nervös. Weil ich dann denk', ihr sei etwas passiert. Die fährt viel zu schnell Auto.« Und er ging mit dem Onkel in der Gasse weiter.
Nach einer Weile blieb der andre stehen und schaute auf den Platz, der mit Trümmern abgerissener Häuser vollgestopft war. – »Wie nach einem Luftangriff schaut's aus. Sie aber wissen ja das alles nicht mehr, haben keine Ahnung, wie's im Krieg gewesen ist ... Drum wär's für mich interessant, zu sehen, wie Sie

wohnen. Sie haben doch bestimmt einen modernen G'schmack.«

»Kommen Sie nur mit hinauf«, sagte Ludwig und führte ihn ins Haus, redete auf der Treppe über zeitgemäßen Wohnstil, der durch und durch funktional zu sein habe, sagte: »So was wie Gemütlichkeit ist doch in unserer Zeit nur noch zum Abgewöhnen da.« Zwischendurch hoffte er, daß Friederike in seiner Bude nichts zurückgelassen hatte, das den Onkel stutzig machen würde, und dachte an einen mit Fleisch, Käse und Gemüse vollgestopften Kunststoffbeutel, den sie neben der Tür abgestellt hatte.

In seiner Stube war das Bett gemacht und nirgends eine Spur von ihr. Der Onkel lachte und sagte: »Ja, so was! Daß Sie sich wohlfühlen in diesem Gerümpel! Das ist doch Sperrmüll, wie?« Und er erzählte, daß er nach dem Kriege eine Zeitlang auch so gewohnt habe, aber damals sei man froh gewesen, wenigstens irgendwo hineinkriechen zu dürfen.

Friederike kam herein und sagte: »Dachte ich mir's doch, daß du hier bist.« Und zu Ludwig: »Mein Onkel hat halt eine Schwäche für die jungen Leute.«

7

Ob sich die beiden abgesprochen hatten? Im Nachhinein kam es ihm vor, als hätte sie mit dem Onkel ausgemacht, daß sie zu Ludwig ginge. Der Onkel hatte Friederike immer wieder angesehen, als erwarte er von ihr ein Zeichen. Und einmal hatte sie den Kopf geschüttelt, kurz und rasch. Danach war sie ihm recht verlegen vorgekommen, fast, als hätte er sie jetzt ertappt. Und unten in der Gasse, wo beide miteinander gingen, während er ihnen von seiner Stube aus nachschaute, blieb sie stehen und schrie den Onkel an: »Weil's nicht gegangen ist! Daß du das nicht begreifen willst! Ein Mensch ist doch kein ...« Und nach einer Weile: »Und so einer!«
Vielleicht wollten sie etwas von ihm. Dir darf's egal sein, weil du jung bist, dachte er und erinnerte sich an den Vater, der zu ihm gesagt hatte: »Schau dich um und lern nicht bloß aus Büchern. In der Jugend darf man sich auf vielerlei einlassen, ohne daß es einem angekreidet wird.« Nein, das hatte Max zu ihm gesagt und nicht der Vater. Oder hast du's irgendwo gelesen? Ja, das kann auch sein.
Später sah er sie im Dom. Er wartete beim Ausgang. Sie grüßte ihn, als wäre er ein Fremder; ging mit ihm durch die Tür und sagte, als sie abseits der steinernen Stufen in Helligkeit und Wärme standen, wo die Autos lärmten: »Ich muß das manchmal. Ohne Beten komme ich nicht aus.« Es hörte sich an, als meine sie, sie müsse sich entschuldigen.

»Ich brauch' es auch. Vielleicht ist unsere Erziehung daran schuld. Es kommt mir aber als notwendig vor.« Sie atmete auf. – »Das freut mich!« sagte sie und lächelte. Dann erzählte sie vom Onkel, sagte: »Der macht sich gar nichts draus. Das sei nur ein Zeichen von Schwäche, von Abhängigkeit. Ich hab mich frei gemacht von all dem Zauber, sagt er.«

»Wenigstens behindert er dich nicht.«

»Nun ja, behindern ...« sagte sie. Und nach einer Weile: »Doch, du hast recht. Und schließlich weiß er auch nicht, wann ich in den Dom geh'. Aber ich muß tun, was er verlangt.«

»Was denn?«

»Ach, halt so ... Und gut, daß ich dich treffe. Es ist nämlich etwas Peinliches passiert, nachdem ich von dir weggegangen bin.«

»Du bist mit deinem Onkel von mir weggegangen.«

»Gewiß. Aber das gehört jetzt nicht hierher. Ich habe doch den Beutel mit Käse, Gemüse und Fleisch dabeigehabt. Und da behauptet heute die Verkäuferin, das alles hätte ich ihr nicht bezahlt. Ich sei so weggelaufen.«

»Stimmt's?«

»Es stimmt natürlich nicht. Das Mädchen täuscht sich. Nur schade, daß ich den Kassenzettel unterwegs verloren habe. Aber vielleicht liegt er noch bei dir?«

Sie ging mit in sein Zimmer; schaute sich dort um, während er suchte. Dann sagte sie: »Ach, lass' es nur. So wichtig ist es nicht. Aber wenn ich vor Gericht muß wegen diesem Kassenzettel, dann kannst du bezeugen, daß ich bei dir war. Das beruhigt mich.«

»Deshalb brauchen die doch keinen Zeugen. Und vor Gericht mußt du wegen dem Kassenzettel nicht. Da mach' dir keine Sorgen ... Aber vielleicht wegen einer andern G'schicht?«
»Ja, die auf der Bank behaupten nämlich, der Scheck, den du für mich eingelöst hast, sei gefälscht gewesen. Ich hätte drauf als eine unterschrieben, die ich gar nicht sei. Das Scheckbuch ist inzwischen gesperrt worden.«
»Aber es ist doch dein Scheckbuch?«
»Von wem es ist, kann dir egal sein. Vielleicht ist's tatsächlich einmal verwechselt worden, und ich habe nicht darauf geachtet. Es tut mir nur um dich leid.«
»Ich hab noch nichts davon gehört. Das ist bestimmt ein Schwindel. Ich hätte doch sonst einen Brief bekommen müssen.«
»Jedenfalls weißt du Bescheid, wenn etwas kommen sollte ... Bei mir wird immer alles schwierig, anders als es gemeint gewesen ist, es schlägt ins Gegenteil um.«
Was die ihm für Märchen erzählte ... und was sie damit wollte? Er wartete, ob sich etwas ereignete, doch geschah nichts. Vielleicht hatte sie einen Spaß gemacht. Ärgerlich das Ganze, und er dachte oft: vergiß die Dame ...
Was mit der alles zusammenhing ... Du willst herausbekommen, wie es sich mit der verhält ... Und wieder dachte er: ein Luder, raffiniert ... meinte dann aber auch wieder, daß es nicht ganz stimme.
Jedenfalls mußt du ein bißchen warten. Und eigentlich könntest du wieder mal studieren, weil du dazu hier bist und dein Vater dafür Geld ausgibt ... Es

war ganz scheußlich, eine Zwickmühle, ein Zwiespalt, weil sein Studium ... Die Kunst, die Dichtung, alles war doch ausgehöhlt. Lauter verrottete Gebäude. Und er traf nachts in einem Tempel, von dem nur Säulen in karstigem Gelände standen, ein Mädchen mit zerrissenen Kleidern; ihre Ellbogen und Knie waren blutig aufgeschürft. Mit leeren Augen kam sie ihm entgegen, und am Boden waren in die Ritzen breiter Marmorplatten leergedrückte Tuben, blutige Verbände, Kunststoffhüllen und ein benütztes Präservativ hineingestopft. Ein Papiertaschentuch lag neben einem durchsichtigen Strumpf, und eine Eidechse, lang wie sein Unterarm, faulte lederig am Fuße einer Säule, freilich nur im Traum.

Max, den er wieder einmal in der Mensa traf, sagte, alles werde anders; sie, die Architekten, würden es schon schaffen; neue Städte müßten kommen, und die wüchsen in den Himmel, aufgehängt an Betonpfeilern, dreimal höher als Funktürme. Dort gebe es dann alles: Auffahrrampen für die Autos, Anlagen und Terrassengärten. Und alles halte mindestens dreitausend Jahre lang.

»Gut, daß ich nicht so alt werde«, sagte Ludwig. Es war am Abend. Neue Gebäude waren weiße Blöcke, alle Fenster ohne Gesimse. All dies stand klotzig da, ein Denkmal der Roheit, aus dem Erdboden herausgestampft. Max rüttelte die Schultern, lachte, ließ die Arme schlenkern, und Ludwig sagte, für ihn sehe all dies nur bedrohlich aus: »Immerhin, weglaufen kann ich noch in meine Bude bei Frau Köberl. Man sieht so richtig, wie Industrie und Wirtschaft stampfen, toben.

Sonst gibt es nichts mehr. Alles andere ist ausgehöhlt.«
Max schmunzelte und sagte: »Du hast nervöse Hände.«
Draußen war der Himmel weit. Sie gingen in den andern Bau, der nach einem toten Atomphysiker hieß, und fuhren im Lift ins neunte Stockwerk. Es waren viele Leute da und alle jung. Haare, Bärte und Samthosen. Und wieder sagte einer, heute zögen sich alle Studenten wie Künstler um 1900 oder wie Burschenschaftler in der Biedermeierzeit an. Plastiken aus Plexiglas mit durchsichtigen Scheiben, von denen manche rosa gefärbt waren, standen im kahlen Raum, und Ludwig stellte sich so die Modelle jener zukünftigen Städte vor, von denen Max ihm erzählt hatte. An Kunststoffäden hingen Messingplättchen von durchsichtigen Scheiben nieder, und Mädchen, denen das Haar glatt und fransig hing, tippten an die Plättchen. Diese Kunstwerke sahen wie gefroren aus, doch nannte Max sie zierlich und sagte, daß sie liebenswürdig seien.
»In den Living Room eines Abteilungsleiters würde es natürlich passen«, sagte Ludwig.
»Siehst du! Also, dafür ist's gemacht. Ein Gebrauchsgegenstand. Kunst muß benützt werden.«
Wieder mal bist du dabei, schaust alles an und gehörst nicht dazu. Die Plexiglasgebilde hätte man auch für Maschinenteile halten können, Max aber sagte, sie erinnerten an Brunnen; doch Brunnen, über deren Schalen Wasser rann, waren lebendig, wuchsen aus der Erde, während all dies tot ... Und wiederum fiel ihm sein Traum vom verrotteten Tempel ein.

Wenn Friederike hereinkäme, gingest du gleich mit ihr weg.
Er stand herum, horchte und hörte Steigleder mit flackernden Augen sagen, die Professoren benützten ihren Informationsvorsprung dazu, systemimmanente Zwänge zu konsolidieren. Steigleder reckte seinen langen Hals, in dem ein dicker Adamsapfel sich bewegte. Dann sagte er zu einem mit grauem Haar, der sauber gekleidet und Museumsbeamter war: »Sie als Archäologe schlafen neben einer Mumie.« Einer, dessen Gesicht wie eingefettet glänzte, erzählte von Wien und behauptete, daß es dort nur kitschige Barockpaläste gebe. Der Bärtige mit der Gelehrtenbrille fragte nach einer Kneipe, in die man nachher gehen könne, und die ein bißchen stilvoll sei; der hatte eine Schwäche für Mobiliar aus den neunziger Jahren. Eine, die Junghans hieß, zog eine Pelzjacke mit zerrissenem Futter aus; neben Futterfetzen zeigte sich die rauhe Lederhaut des Pelzes. Die Junghans hatte einen kantigen Katzenkopf und sagte, die Pelzjacke sei von ihrer Mutter. »Seal«, sagte sie, »und das kantige Gesicht kommt von den Nächten. Auf dem Standesamt hab ich keine Blumen dabeigehabt.« Mit manikürter Fingerspitze deutete eine andere auf die in der Pelzjacke und sagte: »Ich auch nicht.« Ein blondes Mädchen, dessen Haar die Schultern streifte, und deren Unterlippe dick herabhing, hatte verblichene Samthosen an; sie bewegte sich träge und räkelte sich und sah aus, als ob sie angeekelt wäre.
»Das Leben ist kurz und schmerzhaft«, sagte Max, und alle lachten.

Da bist du mit Max einer Meinung ... Auch den Bärtigen mit der randlosen Brille, der nach einem altmodischen Wirtshaus gefragt und gesagt hatte, heute zögen sich alle Studenten an wie früher Künstler, konnte er verstehen und war froh darüber; ganz entleert und abgestorben war also die Menschheit heutzutage trotzdem nicht. Und du bist recht hochmütig, wie? Vielleicht war's so, daß sich nur die Umstände änderten, sonst aber alles gleichblieb. »Das Alte unter immer neuen Umständen ist der ewige Gang der Welt« hatte er einmal bei Grillparzer gelesen, und einer wie Grillparzer, der gehörte auch zu ihm. Und eigentlich war alles halb so schlimm. Du studierst Geschmacksachen (Deutsch und Kunstgeschichte und Geschichte) und siehst, wie sich alles auswirkt in der Kunst: Die Frömmigkeit, in der jeder als Einzelwesen ausgelöscht wird, dann der Mensch, der sich selber entdeckt und groß dasteht, über sich selbst staunt; bald aber zweifelt er an sich, zwängt sich in enge Kleider mit Halskrausen, bis er wieder fröhlich wird und mit allem spielt, Gold und rote Seide und Üppigkeit liebt; jetzt gibt er sich spöttisch und ironisch und glaubt schon wieder nicht mehr an sich selbst. Dann träumt er von den Griechen, meint, die wären frei gewesen und hätten ›gereinigt‹ gelebt; und die Frauen ziehen weite, fließend dünne Gewänder an und zeigen ihre Leiber. Bald aber ist auch dies wieder geschmacklos, und man liebt die Unschuld, das unberührte Mädchen, den schüchternen Jüngling, zumindest in der Phantasie; und jeder kleidet und frisiert sich so, daß er den andern unberührt erscheint. Nebenher aber bleibt alles gemischt und schmutzig, lärmend und still, blutig und verklärt. Und all dies wechselt immer wieder, und heute wechselt's rascher als zuvor ... Was der Mensch in sich hatte, das zeigte die Kunst. Jetzt gebärdeten sie sich rüde, gewalttätig, grob, und der Verbrecher stand mit der Hure hoch im Kurs; weshalb sich jedermann aufputzte, als wäre er ein Wegelagerer oder ein schlechtes Mädchen. Innen aber blieb doch alles gleich. Und jetzt gebärdeten sich Kunst und Mode jugendlich, vielleicht um das Gefühl des Alterns wegzuschminken; denn jetzt war alles alt.

Und Max sagte, wie Steigleder, daß man sich an der Zukunft orientieren müsse, obwohl sich jedermann nur nach dem richten konnte, was er in der Vergangenheit erfahren hatte.

Also gab es nur Vergangenheit. Und sehr erfreulich, daß in dieses Leben überall Vergangenheit hereinsah.

8

Er ging in der Schwibbogengasse, sah das Tor des römischen Lagers, hineingebaut in den Bischofshof und bloßgelegt unterm Verputz, als hätte sich Haut abgeschält; erinnerte sich an die Inschrift auf einer Steinplatte im Museum, die verkündete, hier sei zur Zeit des Kaisers Marc Aurel unterm Legaten Helvius Clemens Dextrianus, dem Befehlshaber der Legio Tertia Italica, das Kastell vollendet worden.

Was war von seiner Exzellenz zurückgeblieben? Ein Name auf einer breiten Marmortafel, zusammengestückt aus brüchigen Platten.

Hier war die Grenze. Am anderen Flußufer begann die Barbarei. Hier ist der Kaiser hindurchgeritten, begleitet vom Legaten; hier war der Haupteingang von Castra Regina. Pferde trappelten übers Pflaster, zur Begrüßung des Kaisers war eine Kohorte illyrischer Reiterei zur Stelle, und die Feldzeichen glänzten. So mag es gewesen sein, du kannst es dir ausdenken, aber niemand hat es aufgeschrieben. Castra Regina wurde verwüstet und wieder aufgebaut. Später haben Herzöge die Römerburg bewohnt, neue Mauern aufgerichtet und die alten abgetragen. Denkmäler, Totensteine, die in den neuen Mauern verbaut wurden, und Sarkophage sind zurückgeblieben.

Er wartete und horchte. Wieder ein Samstag nachmittag. Es sollte nur Samstage und Sonntage geben, so genügte es ... Dann kocht und dampft und zischt der Lebensbrei nicht in den Gassen ... Gedämpfter alles,

nicht so vital. Die ›systemimmanenten Zwänge‹ dösten: Wenigstens jetzt hörst du diese Sprüche nicht.
Friederike und ihr Onkel kamen näher. Er sah sie in der Schwibbogengasse. Sie flanierten. Der Onkel ging elastisch, eine Hand in der Jackentasche. Und Ludwig wußte, daß er, wenn er nach Hause kam, sowohl die Kleider als auch das Hemd wechselte. Hose und Jacke kamen in den Schrank, denn er besaß nur diese helle Hose und die dunkelblaue Jacke. Im Winter würde es kritisch für ihn werden, weil er keinen Mantel hatte. »Doch dann sieht man wieder weiter«, pflegte er zu sagen, und Ludwig kam's sympathisch vor.
Jetzt blieb der Onkel vor einem engen Laden stehen. Friederike ging weiter, ohne sich umzusehen, wartete an der Ecke, wo eine Gasse zum Fluß führte, schaute zurück zur Porta Praetoria im Bischofshof, und Ludwig meinte, sie habe gelächelt; nicht so, als ob sie ihn gesehen hätte, sondern anders, nur für sich. Vielleicht gefiel ihr's, daß das Alte noch hereinsah.
Ludwig schaute ins Fenster des engen Ladens, wo der Onkel stehengeblieben war, und fand darin Zeitungen liegen, die er nicht mochte (»Soldaten-Zeitung« oder wie das hieß). Dann bog er in die Lindgasse ein und kam zum Fluß, wo er mit Friederike beinahe zusammengestoßen wäre; sie stand dicht vor ihm an der Ecke, atmete rasch, als wäre sie dem Onkel weggelaufen, und sah frisch aus.
Er sagte: »Deine Zornfalte über der Nasenwurzel ist fortgewischt.«
»Kein Wunder, weil du jetzt auftauchst. Ich habe dich herbeigezwungen ... Ich will doch heraus aus dieser

Lebensschmiere! Du hast keine Ahnung ... Immer dieses miese G'schäft.«

Nun hatte sie der Onkel eingeholt. – »Da hast du ihn ja, deinen Parsifal ... Meine Verehrung, Herr. Immer, wenn's am trübsten ist, zieht dich dein Ritter aus dem Schlamm«, sagte der Onkel.

Des engen Trottoirs wegen konnten sie hier nur einer hinter dem andern gehen, und der Onkel ging voraus. Sie streckte die Hand nach hinten. Ludwig griff danach und hatte in den Fingern eine Dohlenfeder, die im selben Augenblick zwischen ihnen herabgesunken war.

»Keine edlen Vögel, diese Dohlen. Bevorzugen Gemäuer, das vor Alter brüchig ist«, sagte der Onkel.

»Fortunata, unser Liebling, die fünfzehn Jahre gelebt hat«, sagte Friederike. Es war der Text eines Grabsteins im Museum. Dann sagte sie, die Feder sei von Fortunata.

»Da hat die euch was Schönes g'schickt«, sagte der Onkel. Er grinste, schlenderte, und Friederike streifte Ludwig mit der Dohlenfeder.

»Wann lebe ich? Jetzt lebe ich. Was in der Luft liegt, das gehört zu mir. Das andere ist die Geschichte, das Geschichtete, und liegt tief unten. Berührt es mich? Ja, es berührt mich« ,sagte Friederike.

»Die Pflastersteine hier sind älter als fünfhundert Jahre«, sagte Ludwig und erzählte, wie hier Marc Aurel einem Markomannenführer aus dem Boot geholfen und zu ihm durch einen Dolmetscher gesagt hatte: »Sehen wir auf Wasser, bevor wir verhandeln.« Und sie hatten die Donau angeschaut, der eine in einer härenen Toga und kleiner als der Markomanne; beide aber mit rotbraunen Bärten, und beide ungefähr gleich alt; nun, der Kaiser war schon dreiundfünfzig. – »Und wie es sich vermischt«, sagte der Markomanne, während er aufs Wasser schaute. – »Und wohin's kommt, auch wenn es eilt. Wir werden beide gleich weit kommen«, sagte der Kaiser.

»Was meinen Sie mit ›gleich weit‹?« fragte der Onkel.

»Zum Grabstein. Zu ›Fortunata, unserem Liebling, die fünfzehn Jahre gelebt hat‹«, sagte Friederike und hielt die Dohlenfeder hoch. »Er hat das alles vor sich, kann darin herumgehn wie in einer Stube. Und diese Stube kennt nur er. Der ... hat etwas.«

»Was denn?« fragte Ludwig.

»Daß du herauskommst aus dem trüben Leben, wann's dir paßt. Wir andern riechen doch bloß dicke Luft.«

»Na also: Ein reiner Mensch! Ich beglückwünsche Sie! Und wenn Sie mir mal bei einem Geschäftchen helfen, Sie Bewundernswerter, dann ...« sagte der Onkel.

»Ich habe dir gesagt, du sollst ihn draußen lassen«, zischte Friederike ihren Onkel an.

»Gewiß ... Es war ja nicht ernsthaft gemeint. Der Herr versteht doch Späße. Schade, daß meine Nichte so humorlos ist. Sie werden den Humor an ihr vermissen, wenn Sie einmal klarer sehen. Jetzt stehen Sie noch unterm Identifikationszwang, aber der verschwindet. Und dann sind Sie allein ... Und sie erst recht.«

»Kein Wunder, daß Sie's wissen, weil Sie schon so alt sind; aber das sagt nichts.«

»Und noch einmal: Ich biete Ihnen an, einen Lebensbezirk kennenzulernen, der Ihnen bis dato fremd geblieben ist. Den des rücksichtslosen Geschäfts. Verstehen Sie? Und Sie werden ihn noch kennenlernen müssen. Das garantier ich Ihnen.«

Es hörte sich drohend an, als wolle ihn der in den Griff bekommen, und Ludwig erinnerte sich an die Schule, wo manchmal einer zu ihm gesagt hatte: »Du hältst dich heraus, nicht wahr?« Dabei war es ihm vorgekommen, als ob der andre neidisch wäre, und weshalb? das weißt du nicht. Es ist nur immer dieses Gefühl dagewesen: Neid beim andern, während du niemand beneidet hast ... Oder hätte er einen um sein Motorrad beneiden sollen? Auch der Mädchen wegen war er keinem neidisch gewesen, wie er jetzt den Onkel auch um Friederike nicht beneidete. Dann wollte er also die Friederike nicht besitzen? Nein. Die andern zementierten ihren Besitz, waren stolz darauf und wollten beneidet werden, sonderbar. Zu beneiden war schließlich nur einer, der mit wenigem auskam und dem alles gefiel, so, wie's jetzt war. Einem solchen freilich war er bis heute noch nicht begegnet. Vielleicht meinten die andern, er sei sich selbst genug. Und wenn du's bist, dann ist das schlecht. – »Du solltest Reinhold heißen«, hatte mal einer zu ihm gesagt und höhnisch gegrinst.

»Sie haben so was an sich, wissen Sie ... Als ob Sie nicht dazugehörten. Und das wirkt recht aufreizend«, sagte der Onkel.

»Ich fühle mich aber nicht so.«

»Mag sein. Trotzdem entziehen Sie sich immer wieder. – ›Er hat einen Bezirk, wo er für sich ist‹, sagt sie.«

Er deutete auf seine Nichte. »Vielleicht kommt's daher, weil Ihre Familie intakt ist. Dort fühlen Sie sich doch zu Hause, wie?«
»Ja, schon ... Aber, wissen Sie, das ist nichts für die Dauer ... Mir kommt's oft vor, als meinten viele, wenn sie etwas hätten oder dächten, dann bliebe das für immer. Und für die Dauer eines Lebens haben Sie auch nur sich selbst.«
»Sehen Sie ... Ich sag' immer zu ihr: Er ist ein Melancholiker, und die fühlen sich an nichts gebunden. Genau wie du.«
Worauf der hinauswollte? Ihn unsicher machen? Aber das war er sowieso. Und weil du dich unsicher fühlst, hoffst du, es gebe vielleicht doch etwas, das fest bleibt ... Das aber gab's nur in Gedanken. Und hier steckst du in einer argen Soße, hier mit diesem Onkel und der Nichte.
»Sie denken da an diese alten Trümmer im Museum. Weil die nicht mehr verändert werden können. Die sind unangreifbar, nicht wahr? Wenn Sie bei denen sind, kann Ihnen nichts etwas anhaben?«
»Wollen Sie Streit anfangen? Mir ist es nicht danach zu Mut. Ich will mich nicht in Ihre Verhältnisse drängen.«
»Jetzt hör einer das an! Und das zwischen ihr und Ihnen: Ist das vielleicht Luft und Rauch? Oder ein Geruch, der wieder verfliegt? Sie, da werd ich Ihnen aber etwas anderes beweisen!«
Friederike sagte: »Nein. Er hat Recht. Ich hab ihn angesprochen. Ich habe ihn schon lang vorher gesehen, und dann hab ich ihn angesprochen. Bei Rot«, fügte

sie hinzu, lächelte und hielt die Dohlenfeder in der Hand. »Aber das weißt du doch. Und du warst damit einverstanden. Du hast es so gewollt.«

»Nur unter der Bedingung, daß er bei uns mitmacht«, sagte der Onkel.

Ludwig meinte, der Mann bereue, was er gesagt hatte, und es sei ihm so herausgefahren. Dem schien es also noch zu früh zu sein, zu sagen, was er von ihm wollte. Der hat dich also für seine Geschäfte ausgewählt. Der hat sich einen Plan gemacht, und darin bist du eine Schachfigur. Der will dich benützen, etwas mit dir anfangen, das ihm in den Kram paßt.

»Kommen Sie doch mit in den Ratskeller. Wir genehmigen uns ein solides Abendessen. Sie sind eingeladen. Ist das kein Vorschlag zur Güte?«

»Das wär ganz wunderbar, wenn ich nicht heut mein Referat über Kaschauer fertig machen müßte. Ich will doch Museumsbeamter werden.«

Der Onkel lachte: »Ja, das paßt! Dieser Wunsch ist Ihnen auf den Leib geschneidert. Und Sie werden Ihr Lebensziel erreichen ... Dann sind Museumsmauern, möglichst solche aus den Tagen Marc Aurels, zwischen Ihnen und der schmutzigen Außenwelt. Ihr Arbeitskabinett liegt irgendwo weit hinter all den Sälen, wo die Bilder hängen, die Standbilder aufgestellt sind, die so stehenbleiben bis zu Ihrer Pensionierung und noch länger ... Vielleicht wird ab und zu ein Schnitzaltar einmal woanders hingestellt. Oder es ist eine Ausstellung von Weihnachtskrippen aufzubauen. Ich höre schon, wie Sie beim Stammtisch im Ratskeller Ihre Mühsal mit den Weihnachtskrippen dem Forstrat und dem Medizinaldirektor, dem Amtsgerichtsdirektor und dem Stadtkämmerer mitteilen, während wir ... Wo werden wir dann hocken, Fritzi?«

Sie schaute in die helle Straße. Das Licht machte den Asphalt weiß. Und sie sagte zu Ludwig: »Der Rathaussaal ... Du, komm. Geh mit mir in den Rathaussaal.«

»Der ist jetzt nicht mehr offen.«

Der Onkel hatte etwas sagen wollen, schwieg aber. Als Ludwig gesagt hatte, daß der Rathaussaal geschlossen sei, war er besänftigt worden. Es war wohl klüger, jetzt nicht von dem Rathaussaal zu sprechen, der für Ludwig das Richtige war. Die altersschwarzen Bänke und der Stuhl des Kaisers unterm Baldachin, und darüber die Fahne des Heiligen Römischen Reiches Deutscher Nation. Die Gobelins, die Holzvertäfelung. Das Schwarze und das Alte. Die schwarzen gedrechselten Tintenfässer aus Eschenholz. Und wenn der Immerwährende Reichstag sich hier versammelte, die Fürsten an der holzvertäfelten Wand unter Gobelins und drüben vor gotischen Fenstern zu Seiten des Erkers saßen, die Fahnen der Kirchen- und Herzogtümer verblichen herabhingen, der Kronleuchter glänzte, dann hätte einer wie Ludwig gern dazugehört. Du hast unter den Schreibern deinen Platz. Die Gänsekiele sind frisch geschnitten, die Tintenfässer gefüllt, das Papier zurechtgelegt ... Ein Konzeptspraktikant nahm sich neben der Tür eine kandierte Frucht aus einer Silberschale. Man erwartete den Kaiser. Es wurde still im Saal. Alle erhoben sich. Der Kaiser kam; er war ein mittelgroßer Mann in einem schwarzen Wams, einer Pelerine und einem Barett. Zwischen den Bänken kam er näher und sah älter aus als er war. Ludwig hatte auf das Trottoir gesehen und schaute jetzt die beiden an. Die standen beieinander, gehörten zusammen. Du aber stehst abseits. Er wartete, was kommen würde, doch lächelten jetzt beide.

»Man kann ihm halt nicht bös sein«, sagte Friederike und wechselte einen Blick mit ihrem Onkel.

Tat sie nur so, als ob sie mit dem einig wäre? Vielleicht wollte sie den Onkel besänftigen, obwohl ... Jedenfalls steckte etwas dahinter. Der Onkel und auch Friederike hatten mit ihm etwas vor. Das würde einmal aus den beiden herausspringen und ihn packen, falls du nicht abseits gehst ...

»Studieren und an den Kaiser denken, das ist gut«, sagte Friedrike. »Wir wollen dich nicht stören oder gar drausbringen.«

»Beneidenswert«, sagte der Onkel und schnalzte mit den Fingern.

»Weißt du, wir sind anders. Wir leben in freier Wildbahn ... Aber sei nur froh an deinem Käfig. Jedenfalls hast du es ruhig.«

»Er kann ja gar nicht anders als ein braves Mitglied der spätbürgerlichen Klasse werden. Oh, wir wissen, wie's dort zugeht! Die beißen sich herum, aber keiner riskiert seine Haut. Für uns ist das nur komisch«.

Es war der Onkel, der dies sagte. Auf dem Pflaster lag die Dohlenfeder. Friederike hob die Hand: »Also, auf bald!« Sie sah hoheitsvoll aus und gehörte jetzt zum Onkel. Beide kamen Ludwig so elegant vor, wie man früher elegant gewesen war; ihm fielen Reklamebilder

und Photographien in alten Zeitschriften ein, solchen der zwanziger Jahre. Scheinbar paßte alles an diesen beiden zusammen, nur waren ihre Schuhe vielleicht länger getragen worden, als man heutzutage Schuhe trug. Und obwohl die beiden unauffällig angezogen waren, sahen sie doch anders als die andern aus; was daran schuld war, hätte er nicht sagen können. Und Ludwig merkte, wie weitab er von den beiden stand, obwohl sie dicht vor ihm ...
Friederike machte den Mund auf, schwieg aber; dann wandte sie sich um. Als er sich nach der Dohlenfeder bückte, schaute sie zurück und lächelte. Die dachte jetzt vielleicht, er sei sentimental. Du kannst sie ja nicht daran hindern, aber lieber wäre dir's, wenn sie's nicht dächte.

Früher hast du nur an sie gedacht ... jetzt aber mußt du mit dem Onkel rechnen. Als wär der früher irgendwie weitab gewesen, also sagen wir: in einer fremden Stadt, und weder Friederike noch Ludwig selbst hätte damit gerechnet, daß er angereist kam. Nun stand er da und ging nicht weg, als ob er der Mächtigste von euch dreien wäre.
Der Mächtigste ... Und welche Macht hast du? Gar keine. Weshalb es nötig war, mit Frau Köberl zu reden und sie zu fragen, wie's in den zwanziger Jahren hier gewesen sei, damals in der Inflation und mit der Arbeitslosigkeit. Und wie elegant die reichen Leut gewesen waren.
»Ja, denen haben'S stärker als heut angemerkt, daß sie

reich gewesen sind, denn jetzt kennen'S doch kaum mehr einen Reichen von den andern weg. Mir kommt's vor, als ob niemand mehr elegant sei, seit jeder elegant sein kann. Oder das Elegante ist überhaupt aus der Mode.«

»Ja ... es fällt nicht mehr auf«, sagte Ludwig und fragte: »Hat man damals die Schwindler von den andern weggekannt?«

»Auch bloß, wenn so einer aufgetrumpft hat und richtig protzig g'wesen ist. Dann haben ihm nur wenige getraut. Freilich, Eindruck gemacht hat das Protzige damals genauso wie heut.«

»Aber die Stimmung unter den Leuten war doch anders.«

»Was meinen'S denn mit ›Stimmung‹? Vielleicht, daß jeder froh gewesen ist, wenn er seine Stellung hat behalten dürfen? Sie, heut sagen viele, es wär besser, wenn jeder wieder mal Angst haben müßte, daß er seine Arbeit verliert.«

»Und Sie kennen heute niemand, der es schwer hat? Der sich mühsam tut? Oder vielleicht jemand, der es früher besser gehabt hat als heut und deshalb unzufrieden ist?«

»Meinen'S das Fräulein Friederike und ihren Onkel?«

»Sie, aus denen komme ich einfach nicht draus.«

»Wir auch nicht. Die haben mal Geld, und dann habn's wieder keins. Aber, was die tun, weiß niemand. An der Glastür steht Lobschütz. Und so werden's wahrscheinlich auch heißen.«

Ludwig mußte sich zusammennehmen, damit ihm Frau Köberl nichts anmerkte. Jedenfalls war er be-

müht, sich möglichst wenig anmerken zu lassen, meinte aber, daß Frau Köberl mehr wisse als er.
»Erkundigt sich manchmal jemand nach denen?« fragte Ludwig.
»Selten«, antwortete Frau Köberl. Und mit leiser Stimme fügte sie hinzu: »Einmal war ein Kriminaler da.« Ludwig wurde rot. Frau Köberl stand auf und trug einen leergegessenen Teller in die Küche. Nach einer Weile kam sie wieder, stellte einen Korb mit Äpfeln auf den Tisch und sagte: »Nehmen'S doch.« Ludwig biß in einen Apfel. Frau Köberl sagte: »Das möcht ich auch noch können«, und Ludwig lachte. Jetzt war's ihm wieder leichter.

Er meinte, daß sein Vater einmal zu ihm gesagt habe: »Jeder muß seine Erfahrungen selber machen. Kein Älterer kann sie dir abnehmen. Und warum nicht? Weil du's erst hintennach merkst, wenn etwas passiert ist, das du nicht gewollt hast.«
Und wie war's jetzt bei ihm? Er kannte ein Mädchen, das er liebte. Sie war in Verhältnisse verwickelt, die er nicht durchschaute, und deshalb kam's ihm vor, als hielte sie ihn nur am Zügel, um ihn in etwas hineinzuziehen, das sie und der Onkel planten. Du sollst da für die beiden etwas tun, und das ist eine zwielichtige G'schicht. Sie sagt immer wieder: ›Ich will aus dieser Lebensschmiere raus‹ und beneidet dich, weil du einen Bezirk kennst, den du ganz für dich hast. Zwar ist das eine Einbildung, aber nehmen wir mal an, es sei so. Ihr Onkel macht Geschäfte, an denen sie am lieb-

sten nicht beteiligt wäre; aber sie muß mitmachen. Oder sie spielt dir vor, sie machte dabei nur gezwungenermaßen mit. Das tut sie, damit du ihr vertraust, von ihr abhängig wirst und alles befolgst, was sie von dir verlangt. Bisher hat sie noch nichts von dir verlangt, und alles, was du denkst oder dir vorstellst, sind Hirngespinste. Du bist zu mißtrauisch geworden und glaubst nur, was Frau Köberl sagt; die aber weiß es doch von Nachbarinnen, und was da in der Altstadt so geredet wird, das braucht nicht unbedingt zu stimmen. Obwohl es dich nicht wundern würde, wenn es richtig wäre.
Frag doch Friederike und sag ihr auf den Kopf zu, was du gehört hast. Dann siehst du, wie sie reagiert ...
Und er sah sich, wenn er von zu Hause wegging, genau um, damit er sie nicht unerwartet traf; denn diesmal willst du sie zuerst bemerken. Du läßt dich nicht mehr überrumpeln.
Ach, du liebe Zeit, der Ludwig ... Armer Kerl, dachte er über sich. Sie läßt dich zappeln. Und wenn du ganz zerfasert bist, steckt sie dich in den Sack.
Sie kam dann zu ihm, hatte wieder einen Kunststoffbeutel voll Eßwaren bei sich und setzte sich auf sein Bett. Er trug den Einkaufsbeutel vor die Tür und sagte: »Bloß, damit du ihn nachher nicht vergißt.«
»Und was ist vorher?«
Er zuckte mit den Schultern, sagte: »Eigentlich nichts« und nahm sich einen von Frau Köberls Äpfeln. »Willst auch einen?« fragte er, und sie antwortete: »Ja, gern. Leider brauche ich dazu ein Messer, weil ich meinen Zähnen nicht mehr traue.«

Er gab ihr sein Taschenmesser, und sie aß. Dann sagte sie: »Du willst endlich wissen, was mit uns los ist. Ich sag es dir, aber du mußt mir glauben.«

»Ja, glauben ... Du bist gut.«

Sie sah ihn erstaunt an: »Also, es ist dir ernst? Gut, auch mir soll's ernst sein. Höre aber, bitte, genau zu.«

Er wartete und nahm sich vor, ihr nichts zu glauben.

Sie sagte: »Anfangs war alles Berechnung. Er wollte, daß ich dich kennenlerne. Er hat mich auf dich angesetzt ... ›Ja, der ist richtig, ja, den nimmst du‹, hat er zu mir gesagt, nachdem ich dich ihm gezeigt habe.«

»Also hast du dich unter den jungen Leuten umgesehen nach einem geeigneten Objekt?«

»Jawohl.«

»Und wozu habt ihr mich denn auserkoren?«

»Das kommt später. Vorerst aber ...«

» ... willst du mir deine Empfindungen erklären, aber das kannst du dir schenken. Du warst also mit deinem ›Onkel‹ einer Meinung, und du hast von mir gedacht: den kriegen wir schon noch herum.«

»Ja. Auch damit hast du recht ... Inzwischen aber ist es anders g'worden. Es hat sich geändert, auch was mich betrifft.«

»Was denn?«

»Ich krieg ein Kind.«

Ludwig biß in den Apfel, sagte, während er kaute: »Dann muß es dein Onkel g'wesen sein«, und wunderte sich, weil er ruhig blieb. »Was ihr von mir wollt, hast du mir trotzdem nicht verraten. Oder hast du nur die Pille zu schlucken vergessen?«

»Ach, das mit dem Kind, das war doch Spaß. Ich hab bloß sehen wollen, wie du reagierst.«
»Mit der Polizei habt ihr noch nichts zu schaffen g'habt?«
»Doch. Wir haben uns dort angemeldet, als wir eingezogen sind.«
Sie sagte es mit belegter Stimme, sah zum Fenster, horchte auf den Glockenschlag vom Dom, schluckte und warf den Kopf aufs Kissen. So blieb sie eine Weile; er sah nur ihr Haar.
Dann stand sie langsam auf, strich ihr Kleid glatt und sagte: »Ich will dir keine Szene machen. Auch heulen tu ich nicht. Das ist bei mir alles Theater. Leb wohl und laß es dir gut gehen.«
Sie ging, drehte sich in der Türe um, hob den Einkaufsbeutel hoch und sagte: »Damit du siehst, daß ich ihn nicht vergessen will.«

9

Als tauche er nach langen Jahren wieder in seiner Gegenwart auf, so kam es Ludwig nach diesem Gespräch vor.

Er ging, wie er zu sich selber sagte, ›unter die Leute‹, besuchte die Vorlesung eines Autors, der an die vierzig Jahre alt sein mochte und, eines Lungenschadens aus dem Kriege wegen, mit gepreßter Stimme seine Texte vorlas. Er schilderte darin eine Provinzstadt so schonungslos wie möglich; sie erschien regenschmutzig, als schwarzbraune Szenerie, die Menschen grobschlächtig und beschränkt. Die Geschäftspraktiken eines Bauunternehmers wurden entlarvt, und Ludwig wunderte sich, daß in jener Stadt, wo alles düster, schmutzig war, heutzutag noch Menschen lebten.

Den Zuhörern gefiel, was vorgelesen wurde, und Ludwig saß hernach unter den andern bei einem Glase Bier ... Neben Steigleder saß eine junge Frau, die Ludwig zu kennen meinte, ohne sich zu erinnern, wer sie war. Sie hatte ihr mattes Haar, das wie räudig erschien, verquer gescheitelt, und als Max sie darauf ansprach, rief sie schrill: »Das sagen alle! Nein, das stimmt nicht!« Wie eine verrutschte Kappe lag es ihr über der Stirn, und Ludwig meinte, daß in ihrem Gesicht der Schädel, also das Gebein, hervorträte, weil die Haut dünner geworden sei. Auf der Stirne hatte sie eine pickelartige Rauheit wie einen Ausschlag. Sie lachte heftig, krampfhaft, unvermittelt, und Ludwig erinnerte sich, daß sie in der Diskussion nach der Le-

sung des Autors etwas dazwischengeworfen hatte, das nicht hergehörte. Es hatte mit Grausamkeit zu tun gehabt und daß jemand erschossen worden sei.
Erst jetzt fiel Ludwig ein, wer sie war: Hilde Schnell, die Assistentin des Ordinarius für Germanistik, und er überlegte, ob ihr verändertes Aussehen daher komme, weil sie ›umfunktioniert‹ worden war. Steigleder hatte ganze Arbeit geleistet, und jetzt paßte sie ihm wahrscheinlich in sein Konzept. Sie rauchte, sagte, literarisch könne man heutzutage nur etwas fertigbringen, wenn man ganz genau Bescheid wisse, und Ludwig dachte, dann müßten Kritiker und Universitätsgelehrte die besten Dichter sein.
Sie redete und redete. Krampfhaft klammerte sie sich an Literatur und fand keinen Halt. Sie wollte etwas fertigbringen, das auf Steigleder und den Ordinarius Eindruck machte. Und sie sagte: »Lieber wär ich die Frau eines Studienrats und hätt drei Kinder.« Es hörte sich an, als ob sie wundgerieben wäre.
Steigleder sah sie von der Seite an, lächelte und sagte zum Schriftsteller, der vorgelesen hatte, er sei ein Mann der kurzen Form; und was er am Schluß vorgelesen habe, das unterscheide sich in nichts von jenen anderen Kriegsbüchern, die nach dem ersten Weltkrieg gedruckt worden seien.

Du mußt dabeisein und dich dran gewöhnen ... Er hoffte, daß es ihm gelinge und er nebenbei er selber bleiben könne.
Auf dem Rade fuhr er in das Land hinter der Stadt

und kam zu einer Burg im Wald, wo spitze Flügel hinterm Torbogen verschwanden, vor dem ein gemeißelter Stein lag. Dann flog wieder der Falke, und die Unterseite seiner Flügel erschien rötlich; er ließ sich tragen von der Luft. Am Stamm einer alten Linde sahen Wülste wie Versteinerungen aus, und oben brauste es von Bienen. Über Disteln und Pfefferminzbüscheln flogen Falter. Ludwig rieb Pfefferminzblätter in den Fingern und roch Arzneiduft. Disteln kratzten ihn, er sah auf einen Stern aus Distelblättern, zackig und starr. Ein Falter, klein wie ein Fingernagel, saugte an einer Thymianblüte und flatterte zur nächsten, wenn Ludwig einen Schritt machte.
Über den Burggrabengarten führte eine Brücke zu einem leeren Haus, das geweißt und dessen rissiges Fachwerk geteert war. Hinter spinnwebgrauen Fenstern lagen Säulen aus Blumentöpfen. Im ersten Stock stand eine Tür offen, durch die wohl früher Heu hineingeworfen worden war. Der Raum dahinter hatte eine Balkendecke. Ludwig richtete sich dort ein Zimmer ein, besserte das Dach aus und flickte die Decke mit frischem Verputz, alles im Vorübergehen und gedankenweise.
Immerhin wäre er hier für alle, die er kannte, unerreichbar gewesen, obwohl ihm Max gewissermaßen gefehlt hätte und Friederike morgens im warmen Burggrabengarten dort bei der grünlichen Mauer und wenn sie ›heiße Höschen‹ angehabt hätte, am Platz gewesen wäre. Ihr Onkel freilich hätte nicht hereingepaßt.
Hinterm Torbogen, von dem Efeu hing, führte die

Straße an der Parkmauer vorbei. Bäume hingen über sie, das Licht des Juni machte die Blätterwölbung hell, und hinter grauen Holzschranken trotteten Schweine. Eines stieg langsam und schnaubend ins lehmige Schmutzbett und ließ sich fallen.
Dann die Wolken. Haufenwolken, und der Himmel wie geschliffen. Er fuhr eine Steige abwärts und hatte das Hemd ausgezogen; so massierte ihm der Wind den nackten Leib. Er sah auf Wälder und auf Hügel. Die Weite hatte einen Dunst, der den Wäldern Silberränder machte, doch sah er die nur, wenn er scharf hinschaute.

Eine Pause, eine Zwischenstation bei jener Ruine, die abseits lag. Dann wieder ein Gespräch mit Max, der alles über die Schnell wußte. Das war in der Gasse, die Hinter der Grieb hieß, dicht beim Wohnturm der Grafenreuther, als ein Auto in der Kurve seine Reifen jammern ließ und sie in ein Weinbeisel traten, wo vier Frauen und ein Mann, alle von der Heilsarmee und ohne Eheringe, zur Gitarre »Laßt den Sonnenschein herein« sangen und mit ihren schwarzen und bändergeschmückten Strohhüten Ludwig an die Biedermeierzeit erinnerten.
Also die Schnell. Die sage, sie habe sexuell nicht genug gehabt, zucke aber beim Zungenkuß immer noch zurück und halte den (wie ihre Mutter) für recht scheußlich. Von einer Psychotherapeutin habe sie erfahren, daß sie infantil sei, weil sie onaniere, und seitdem dürfe ihre Mutter sie nicht mehr bei ihrem Kosenamen

nennen. – »Ja, für die gibt's sexuell noch vieles, das sie nicht kennt, aber daß sie's kennenlernen will, bezweifle ich«, sagte Max, und Ludwig fragte ihn, woher er all dies wisse. – »Vom Steigleder«, antwortete Max, und Ludwig sagte: »Religion wäre für sie auch nicht schlecht.« – »Ja, sie will konvertieren.«

»Du, ehrlich gesagt: ich hör all dies nicht gern, weil's nach alter Wäsche riecht, gewissermaßen. Oder sind wir alle samt und sonders bloß neurotisch?«

Max sah ihn befremdet an: »Du mit deiner Gesundheit kannst natürlich froh sein.«

»Sie heißt nicht Gesundheit. Sie heißt Friederike.«

»Ist's die mit dem Schoßröckchen und dem zerbrechlichen Gang?«

»Zerbrechlich ist die nicht.«

»Ich sag ja immer, du findest abseits und nebenbei das Richtige.«

»Jawohl, abseits. Das stimmt. Da hast du recht.«

Später, draußen beim Bahnhof, und als er wieder allein war, hinterm dämmerigen Durchgang unter den Geleisen, wo Lichtröhren auch tagsüber brannten, standen Holzgerüste vor zwei steinernen Rössern, die sich bäumten. Zwei Zerlumpte lehnten weiter vorne an der Straßenschranke; der eine streckte die Hand aus und schwankte. Lallend redeten die beiden, und Ludwig hörte mühsam Gestammeltes und breiig Leises. Wieder deutete der eine, und der andre nickte; er lehnte an der Schranke und hatte geschwollene Lippen; wie ein fettiges Ei glänzte sein kahler Kopf, und die Straße lief gerade und hell weiter.

Ludwig wartete. Die beiden Rösser, Reste eines Denk-

mals, erschienen gelb im Licht der Straßenlampen. Und von draußen fuhr ein Auto her.
Es blieb beim Pfeiler eines Stadttors stehen, eines aus jenen Tagen, als Wehrtürme nichts mehr genützt hatten und Tore genügten, wie sie vor den Ehrenhöfen barocker Schlösser standen.
Er wartete, ob jemand ausstieg. Das Auto blieb dunkel. Keine Tür ging auf. Also Abschied und ein Gespräch, bevor man auseinandergeht. Der Pfeiler, auf dem eine erzene Krone festgemacht war, das stumme Auto, das aus weißen Lampen schaute, die breite und gerade Straße, und vor der Durchfahrt unter den Geleisen die steinernen Rösser in der Nacht: dies war ein merkwürdiges Bild.
Er ging weiter, merkte, daß seine Schritte lautlos waren (kein Wunder, wenn du Gummisohlen hast) und sah hinter der Scheibe eine Zigarette glühen. Das Radio war eingeschaltet, und die Stimme des Nachrichtensprechers klang gedämpft. Dann ging die Tür auf, und die Radiostimme sagte: »... beiderseitiges Einvernehmen in sachlicher Atmosphäre ...«
Sie saß drinnen, und er fragte: »Woher?«
»Von einem namens Ludwig.«
»War's schön?«
»Nein.«
»Warum?«
»Weil ich weggegangen bin.«
»Was war?«
»Besprechung.«
»Über?«
»Geschäft. Übrigens kein seriöses.«

»Macht's dein Onkel?«
»Er ist nicht mein Onkel.«
»Sondern?«
»Mein Mann.«
»Und du heißt?«
»Emmanuela Friederike Lobschütz, geborene ... aber das ist Nebensache.«
Er stieg zu ihr ins Auto. Sie rauchte ihre Zigarette weiter, und der Radiosprecher las Meldungen aus Vietnam. Ludwig wollte fragen, welche Art Geschäfte ihr Mann mache, dachte aber: lieber nicht.
Nach einer Weile sagte er: »Den Morris hast du verkauft?« – »Ja. Du kriegst ja keine Ersatzteile mehr. Der da gehört mir nicht.« Sie klopfte auf das Lenkrad des Volkswagens, drückte die Zigarette aus und sagte, sie wolle aussteigen. – »Nein, nicht jetzt. Aus dem Geschäft, das er jetzt vorhat, will ich aussteigen. Ich sehe freilich ein, daß ich's nicht kann. Das heißt, wenn's mir gelänge, anderswo ... In einer andern Stadt. Ich mag aber die Städte nicht mehr.«
Er dachte, vielleicht könne sie sein Vater beim Zitzelsperger unterbringen, weil der jetzt auch eine Abteilung für Damenoberbekleidung eingerichtet hatte, aber es ihr versprechen oder auch nur zu ihr sagen, daß dies vielleicht möglich wäre, hätte nichts genützt. Weil du nicht weißt, was deine Eltern von ihr halten ... Und wenn's nicht klappt, ist die Enttäuschung für sie viel zu schmerzhaft.
»Ja ... sonderbar, daß wir einander kennengelernt haben. Für die Dauer muß es zwar nicht sein, aber ... Wir verstehen uns. Es paßt zusammen und geht trotz-

dem nicht ... Ja, das geht nicht. Ich bin ja auch zwei Jahre älter. Und bis du mit dem Studium fertig bist, das dauert lange. Laß dir nur Zeit. Und daß ich angebunden bin, weißt du jetzt auch. Von heut auf morgen ist's nicht rückgängig zu machen. Übrigens: Du bist recht vorsichtig geworden. Wundern tut's mich freilich nicht. Aber, wenn es sein muß, komm ich von ihm los.«

Er dachte: meinetwegen, bitte, nicht ... und merkte, was jetzt vor ihm stand. Wie eine große alte Stadt mit Mauern, Türmen, ähnlich der da ... Er sah die Unterführung, daneben die steinernen Rösser, die sich bäumten und mit erhobenen Hufen erstarrt standen. Von der Stadt sah er nichts. Die lag dahinter, und er würde in sie hineingehen müssen, als ob er nie in ihr gewesen wäre. Schließlich fing er doch erst zu studieren an, gewissermaßen. Es lag noch alles vor ihm, und nun sollte er hinein in die steinerne Mausefalle, von der er nichts erkennen konnte; nur daß er in sie hineingehen sollte, wußte er.

Sie legte ihre Hand auf seine und sagte: »Ich weiß schon, wie es ist und mache mir nichts vor. Ich hab dir ja gesagt: Laß dir nur Zeit. Und kümmere dich nicht um mich. Es hat ja keinen Sinn. Abgesunkener Adel, und auch noch eine, die verheiratet ist: Du wärst schön blöd.«

Sie lachte, drückte auf den Anlasser. Der Motor ratterte, versackte. – »Den Vergaser habe ich schon durchgeblasen, aber er versauft mir trotzdem immer wieder. Der ist Jahrgang fünfundsechzig und hat siebzigtausend Kilometer. Eigentlich ganz schön, oder?«

Sie kam ihm schöner vor als er sie in Erinnerung hatte; die mit ihrem genau gezeichneten Gesicht. Die hatte sich verändert, obwohl daran wahrscheinlich nur die Nacht, das Licht des Armaturenbretts und etwas anderes schuld war, das er erst jetzt von ihr erfahren hatte. Immerhin, es macht Eindruck auf dich, daß sie adlig ist. Nun ja, mit einundzwanzig, obwohl die andern grinsen würden. Und er stellte sich seinen Vater in der Wirtsstube mit der Balkendecke vor, wie der Fältchen in den Augenwinkeln bekam, wenn er mit Friederike bei ihm saß.
Wieder probierte sie den Motor. Jetzt blieb er lebendig. Und spuckend und sich räuspernd fuhr er los.

Kein Wunder, daß du ihr auch die Adlige nicht glaubst ... Und er überlegte, ob er Max nach ihr fragen solle, der vielleicht über seinen Vater vom Polizeipräsidenten etwas erfahren konnte; doch es pressierte nicht, und es war interessant, sich vorzustellen, daß es vielleicht doch stimmte, was sie gesagt hatte.
Eigentlich sonderbar, daß du jetzt nicht nervös wirst ... Aber er hatte das Gefühl, als ordne sich die ganze Schose bald. Und wenn sie schlecht ausgeht, dir kann nix g'schehn. Du wirst's schon schaffen.
Max hatte einmal zu ihm gesagt: »Du bist einsam.« Ob es stimmte? Er konnte sich den Augenblick noch genau denken, hatte auch das Gefühl (oder die Empfindung), die er dabei gespürt hatte, noch im Gedächtnis; Betroffenheit, als wär er überrumpelt, ertappt worden; auch etwas wie aus einem Traum, das Gefühl

eines Hintergrundes oder eines dunklen Bodens: Erde, feucht, in einem Keller ... Auch ein bißchen geschmeichelt hast du dich gefühlt, leider nur obenhin; darunter war das Andere gewesen, diese feuchte Erde in dem Keller, und daß er gedacht hatte: einsam sind viele, und wenigstens gehören die dann alle zu mir. Es kam ihm vor, als ob dies nie zu ändern wäre, und dann fiel ihm ein Traum ein.

Er war Friederike in einer engen Wohnung begegnet. Weiße Wände, an denen kein Bild hing. Die Möbel standen dicht beisammen. Sie hatte einen Sohn, der elf Jahre alt war und ein blaues, frisch gebügeltes Hemd durch eine halb offene Tür trug. In der Tür sah ihn der Bub an; er hatte dichte Brauen, dunkle Augen und einen breiten Mund. Ludwig zeigte dem Buben ein langes gelbes Kleid und sagte: ›Das habe ich vergessen.‹ Der Bub sagte: ›Das ist arg.‹ Auch dieses Kleid war frisch gebügelt und gestärkt, hatte aber einen grauen Flecken, an dem er, Ludwig, schuldig war.

Dann ging er hinter Friederike über eine Betonbrücke in gleißendem Licht. Sie wurde vom Onkel begleitet, einem breiten Mann. Er redete auf sie ein. Von der Brücke führten Treppen in schrägen Winkeln in die Tiefe; ihr Beton war braun und nackt, die Geländer kantig. Friederike sah hinunter auf Steinplatten, sprang übers Geländer und lag unten, eine gallertige Masse, die einen Augenblick die Umrisse ihres gekrümmten Leibs behielt, ehe sie zerfloß.

Er wartete auf einer Bahnstation, und es war Winter. Die Gleise lagen schwarz im Schnee. Er hatte Mühe, seinen Rucksack umzuhängen; immer wieder griff er neben die Lederschleife. Der Onkel stand bei ihm, und Ludwig wußte, daß der nicht ihr Onkel, sondern ihr Mann war; trotzdem war er für ihn ihr Onkel. Der paßte auf ihn auf, ein großer breiter Mann. Er redete mit einem andern. Ludwig konnte nicht verstehen, was sie zueinander sagten, und der Onkel packte den anderen am Hals und zwang ihn in die Knie.
Draußen näherte sich langsam eine Lokomotive. Ein Schutzmann im langen Mantel und mit Pickelhaube stand auf den Geleisen; er hob die Hand. Neben Ludwig sagte jemand: »Geschmacksfunktionäre.«
Aufwachen. Froh sein, daß du nicht auf dem Bahnhof mit dem Rucksack warten mußt... Und diese Sache mit der Friederike ließ er vorerst mal ein bißchen schlummern. Du beeilst dich nicht, zu ihr zu kommen, um nachzuprüfen, ob es stimmt, was sie erzählt hat. Es stimmt natürlich nicht, doch ist es angenehm und fast ein bißchen abenteuerlich, dir einzureden, daß es stimmen könnte. Schließlich hast du immer noch den Max; und Maxens Vater kannte den Polizeipräsidenten.
Daß der Onkel in Wirklichkeit ihr Mann war, konnte er nicht glauben. Die beiden waren doch fast vierzig Jahre auseinander. Stell dir bloß vor, du hättest ein Verhältnis mit einer Ende Fünfzig... Das war ja zum Gänsehautkriegen. Eine Adelige würde das als degoûtant bezeichnen.
Nein, eine solche war die nicht. Die hatte doch nur

einen Spaß gemacht, obwohl ... Nun ja, zutrauen kann man ihr die Freiin vielleicht schon.

Er ging zur Universität; sah dort Steigleder, der sein langes schwarzes Haar zurückstrich und Mittelhochdeutsch lernte. Der schien heut gedämpfter Stimmung zu sein, und Ludwig kam es vor, als wichen alle anderen ihm aus. Neben der Tür hing eine Einladung zu einer Vernissage in der Buchhandlung Meerkatz, und am Fenster neben den Regalen flüsterten zwei Doktoranden. Als Ludwig hinter ihnen einen Band der Zeitschrift ›Euphorion‹ herauszog, schwiegen sie, warteten eine Weile und gingen auseinander.

Er traf die beiden dann auch vor dem Hörsaal, wo andre um sie herumstanden. Ludwig stellte sich hinter sie, verstand aber nichts von dem, was dort geredet wurde, und ging, weil jetzt die Glocken schellten, mit anderen in den Hörsaal hinein.

Später traf er Max, der aus einer Vorlesung über Karl den Fünften kam. Sie redeten ironisch über Maxens Neigung zur Historie. Ludwig sagte, es verwundere ihn, daß so etwas vorkomme, weil bekanntlich Architekten durchaus moderne Menschen seien und von Vergangenem nichts wissen wollten. Freilich, Max war nicht wie viele: »Und wenn du anders wärst, verstünden wir uns nicht.«

»Dann weißt du also noch nicht, was passiert ist. Die Schnell hat sich umgebracht. Schlafmittel«, sagte Max und erzählte, daß sie zuvor dem Polizeipräsidenten einen Brief geschrieben und darin über Machenschaften an der Universität berichtet hatte, durch die sogenannte ›bürgerliche Studenten‹ umfunktioniert wer-

den sollten. – »Sie hat übrigens nur die psychologischen Methoden ganz genau beschrieben. Und die sind ja nicht strafbar ... Einem anderen die eigene Meinung aufzwingen wollen: sonderbar, daß es das gibt.«
Das Geschehnis war auch in der Buchhandlung Meerkatz spürbar, wo sich viele Menschen drängten. Ludwig stand neben der Tür, weil dort mit denen, die verspätet kamen, manchmal frische Luft eindrang. Meerkatz beschrieb die ausgehängten Bilder, die puppenhafte Leiber ohne Gesichter in engen Wänden zeigten. Alte waren vor Jungen ausgesperrt, die Alten hingen auf Stühlen und über Tische, und die Jungen wurden fortgeweht als verdrehte Figuren; allen fehlten die Füße.

Hinter Ludwig sagte jemand: »Schwätzer«, wahrscheinlich weil Meerkatz lange redete; was er sagte, war freilich gescheit. Er erzählte, daß der Maler – ein Mann in einer braunen Samtjacke, der wie aus einem Bild um 1810 herschaute – bei sich zu Hause Stapel von Illustrierten liegen habe; aus denen hole er sich seine Motive, beispielsweise dieses zappelnde und sich wehrende Mädchen, das von Polizisten überwältigt wird; oder ein elegantes Paar beim Einkauf in einer Boutique, das glückselig lächle, obwohl es dem Konsumzwang unterworfen sei.

»Er pfercht zuviele Figuren in seine Zimmerkästen«, sagte Max.

»Aber die Schnell war doch auch immer mit vielen zusammen?«

»Ja, wäre sie allein geblieben ... Du hast recht.«

»Nein, so meine ich's nicht«, sagte Ludwig.

»Daß es drauf ankommt ... Ja, auf was kommt es eigentlich an?«

Niemand wußte es. Der Professor sagte nach seiner Vorlesung über Philosophie des siebzehnten Jahrhunderts: »Als ich so alt wie Sie gewesen bin, habe ich oft gedacht: welch ein kokettes Wort ist scio nescio. Der es gesagt hat, der hat schließlich viel gewußt ... Heute aber weiß ich, was der gemeint hat.«
Schweigen also? Gar nichts wissen wollen? Den eigenen Garten umgraben? Zuschauen, wie's wächst, und sonst nichts tun? Wer sich's leisten konnte, der war fein heraus ... Und Ludwig dachte an Friederike, von der er auch nichts wußte. Und jeder denkt bloß an sich selbst. Und daß sich wer umgebracht hatte, und warum? Weil viele roh zu ihr gewesen waren. Die Menschen von sich wegschieben, das hatte sie nicht gekonnt. Und ganz verwirrt war sie gewesen; drausgekommen war die nicht mehr ... Und wahrscheinlich hatte sie geliebt; oder sie war, wie man heut zu sagen pflegte, dem Steigleder hörig gewesen; also einem, der sie gequält hatte.
So ernst darf es bei dir nie werden, hast du mich verstanden? sagte er zu sich. Immerhin bist du mißtrauisch, und das hilft dir ... Max nannte das: einsam sein.
Ludwig dachte an seinen Vater. Was der wohl zu einer wie Friederike gesagt hätte? Und er nahm sich vor, sie zu fragen, ob sie Lust hätte, mit ihm seine Eltern zu besuchen.

10

Sie sagte, das sei also übriggeblieben von ihrer Familie; nicht mehr viel, aber immerhin ... Sie hatte einen der Glasschränke aufgemacht und zeigte ihm eine Tasse, die innen vergoldet war; dann stellte sie die wieder in den Schrank.

Die alten Dinge lagen auf samtbezogenen Brettchen, und der Samt war verblichen. Verblichenes paßte zu bemalten Kaffeekannen, solchen mit Blumenmuster, und ein Riechflakon aus böhmischem Glas war blau.

»Wenn die Luft hell ist, dann schaut weit draußen der Kubany so blau aus. Und den siehst du vom oberen Turmzimmer bei meinem Bruder. Ja, der wohnt auf unserem Schlößchen, aber das hat Risse. Vielleicht bekommt er einen Bauzuschuß vom Denkmalamt, damit er's flicken lassen kann. Dort fahren wir mal hin.«

Sie holte eine Lupe, nahm eine elfenbeinerne Dose aus dem Eckschrank und sagte: »Schau mal an, was da ganz winzig hingeschrieben ist.« Das Bild eines Mädchens im Schutenhut war auf den Deckel der Dose gemalt, und am Rand stand der Name Raulin.

»So hat eine Malerin in Paris geheißen. Mit irgend einem Urgroßvater ist die befreundet gewesen. Sie hat ihm seine Frau auf den Deckel gemalt ... Ob zwischen dieser Malerin und meinem Urgroßvater etwas war? Ach, wahrscheinlich ... Und so etwas ist ja bekanntlich schmerzhaft für alle Beteiligten. Übrigens steht sie im Thieme-Becker.« Und Friederike nahm ein dickes Buch mit Lederrücken von einem Tischchen, suchte darin den Namen Raulin und deutete auf einen kleinen Artikel, in dem stand, sie sei zwischen 1795 und 1831 in Paris als Portraitmalerin bekannt gewesen. Das Buch war ein Lexikon und hatte außen einen aufgeklebten Zettel mit einer Signatur.

»Das ist aus der Museumsbibliothek«, sagte Ludwig, und sie schaute geschwind auf die Seite.

»Ach ja, der Direktor hat es uns geliehen ... Vielmehr hab ich es von dort mitgenommen, um nachzuschauen, ob die Malerin drinsteht. Und sie steht also drin ... So etwas prüfe ich gern nach, weil ich nicht alles glaube, was mein Bruder mir erzählt. Und das Buch trage ich heut nachmittag zurück.«

»Also hast du's mitlaufen lassen.«

»Ja. Aber so schlimm ist das eigentlich nicht, oder?«

»Weißt du, ich bewundere sowas immer. Weil ich's nämlich nicht kann.«

»Nein, weil du ein besserer Mensch bist«, sagte Friederike.

Dann horchte sie, schloß den Schrank ab und steckte den Schlüssel in den Blusenausschnitt. Der Schlüssel war blank und neu, was Ludwig verwunderte, weil in alte Schränke für gewöhnlich nur rostige Schlüssel paßten. Auch das wußte er von zu Hause und erzählte von seinen Eltern, die aus der Wirtsstube alle alten Sachen weggeschafft hatten, weil einmal ein Schrank mit Zinn ausgeräumt worden war.

»Was, ihr habt altes Zinn? Das ist heut sehr viel wert«, flüsterte Friederike und hielt den Zeigefinger an die Lippen: »Wir müssen nämlich jetzt ganz leise sein. Ich hab unten gesagt, daß wir heute den ganzen Tag fort

seien.« Und sie zog Ludwig in die Küche und von dort in ihre Kammer, die sauber aufgeräumt war. »Wenn ich Besuch bekomme, muß es bei mir sauber sein. Und, weißt du, ich kann nicht drüben schlafen unter all diesen Erinnerungen. Die machen mich ganz mürb, weil das doch alles längst vorbei ist. Und eigentlich sollte ich's verkaufen.«
Wieder horchte sie, stand auf und ging hinaus. Er hörte sie im Gang mit einer Frau reden: »Ja, Sie können alles anschaun, bitte schön. Ihre Schätze sind noch alle da, Frau Blumstingl. Sie haben ja alle Schränke abgeschlossen. Und wir freuen uns an Ihren schönen Sachen. Dürfen wir das nicht?«
Kaffeetassen standen beim Bett auf einem Tischchen; von einer Tasse war der Henkel abgebrochen. Sie deutete darauf und sagte: »Die ist für mich. Du mußt die andre nehmen. Ich bin immer so schusselig.« Auch Kuchen hatte sie bereit und erzählte vom ›Onkel‹, der noch vor drei Jahren alles gehabt hatte, was man so brauchte: »Geld en masse und Ländereien.« Sie benützte dieses Wort, das Ludwig aus alten Büchern kannte, und er meinte, das passe zu einer Adligen. Ihr Bruder – »wir sind Vollwaisen« – hatte gesagt: »Der Lobschütz bringt uns hoch, heirate den, auch wenn's dir vor ihm graust.« Der meinte also, Lobschütz könne sie und ihn, der auf einem wackeligen Schlößchen lebte, sozusagen sanieren. Und sie hatte ihn geehelicht, und sein Besitz war irgendwie verflossen, aufgelöst im Nichts von Aktien und so, die irgendwie verschwunden waren; weshalb man wiederum von vorn anfangen müsse, aber das sei lustig. »Du fühlst dich leichter

und gehörst nicht mehr dazu. Jetzt leben wir in freier Wildbahn, und jeder kann uns fangen oder gar abschießen ... Bis jetzt waren wir aber flinker als die andern. Doch es kann anders kommen, und das Blättchen wird sich wenden. So oder so ...« sie streckte die Hand aus und drehte sich rasch um. Da hatte sie dann auf der Innenfläche einen roten Flecken, vielleicht von Schminke. »Zu unseren Gunsten oder auch Ungunsten kann sich das Blättchen wenden. Wir meinen jedenfalls, es könne für uns nur günstiger kommen. Wie das manchmal so ist. ›Noch am Grabe pflanzt er die Hoffnung auf‹, sagt irgendwo ein Dichter; ich weiß nicht, wie er heißt. Weißt du's?«

Auch Ludwig erinnerte sich nicht mehr an den Namen. Friederike sagte, mit ihrem Bruder habe sie sich ausgesöhnt, obwohl er ihr zu dieser Heirat geraten habe: »Hätt ja auch keinen Sinn, wenn ich ihm deshalb böse wäre. Jetzt ist's schon so, wie's ist. Mit meinem Mann hab ich mich arrangiert. Wenn ich mal auf etwas anderes Lust habe, sagt er nichts ... Er hat auch nichts zu sagen, jetzt jedenfalls nicht.«

Die war gut. Ludwig stellte sich vor, wie sie in Berching bei seinen Eltern säße und was die Leute nachher, wenn er mit ihr wieder weggefahren sei, zu ihnen sagten. Von seinem Vater würde er's erfahren. Die mit Ludwig in die Schule gegangen waren, lernten jetzt gerade aus, und mancher hatte schon seine Gesellenprüfung hinter sich; einer war Abteilungsleiter in einer Fabrik für Futtermittel und verdiente fast zweitausend Mark. Für Ludwig war es besser, hier zu sein, wo er eine aus der ›freien Wildbahn‹ kannte.

Freiwild also? Vielleicht war das ein allzu deutliches Wort. Freilich, in Ordnung war hier wenig, und daß sie auf der Hut war, merkte er ihr an. Die erzählte doch Geschichten, hinter denen sie verschwand; und während sie sich auszog, fiel das Schlüsselchen aus ihrem Büstenhalter und war so blank wie Schlüsselchen für alte Schränke niemals waren. Sie bückte sich, legte das Schlüsselchen in einen Aschenbecher, der von Zigarettenstummeln starrte. Asche war eine saubere Sache, aber Zigarettenstummel hatten etwas Krudes.
Er sagte ›krud‹, und Friederike übersetzte es mir ›roh‹. Es überraschte ihn. Also stimmte das mit der Adeligen vielleicht doch.
Unterm Kopfkissen lag immer noch der Gotha'sche Adelskalender aus dem Jahre 1897 und war hart zu spüren; doch mußte ja sein Kopf nicht immerzu auf diesem Kissen liegen.

Ludwig hätte gerne etwas über die Leute erfahren, die sie kannte. Und sie erzählte ihm, daß Sigi nur von Margarinebroten lebe, im Tag fünfzig Zigaretten rauche, drei Gläser Schnaps und einen Liter Rotwein trinke und sagte: »Aber ich werde nicht betrunken.« Als Kind war sie von einem Russen vergewaltigt worden, und mit sechzehn ging sie auf daumenhohen Stöckelabsätzen, schminkte sich und kam später nach München. Seitdem hatte sie langes und schmieriges Haar und eine Pickelhaut und ging nur in blue Jeans. Eine Zeitlang spülte sie in einer Wirtschaft Geschirr ab und bekam von der Acht-Stunden-Arbeit einen verknacksten Knöchel, eine Sehnenscheide-Entzündung und dick geschwollene Hände. Vom Geld, das sie mit ihrer Hände Arbeit verdient hatte, schaffte sie sich dann ein Faschingskostüm an; ließ ihren Namen auf eine Liste setzen, damit sie zu Aushilfsarbeiten geholt wurde und bediente einmal auch den Bundespräsidenten Lübke, obwohl sie schusselig war und immer alles fallen ließ. – »Sie ist natürlich g'schuckt. Aber wenn ich sie mitnehme ins Theater, ist es für mich eine große Freude, weil sie sich wunderbar freuen kann. Da werden ihre blauen Augen immer größer.« Kaum hatte sie Geld, so lief sie auch schon in die nächste Drogerie und kaufte Schönheitsmittel. – »Äßest du was Rechtes, dann tätest du mehr für deinen Teint als mit Mixturen«, ermahnte Friederike diese Sigi, doch nützte es nichts. In den Ferien trampte sie mit; setzte sich nur zu jungen Männern ins Auto und wußte, wie man die durch Boxen in die Magengrube unschädlich machen kann. Wenn Friederike zu ihr sagte: »Aber es schickt sich nicht für eine Dame, daß man sich von jungen Männern im Auto mitnehmen läßt«, sagte sie nur: »Ich bin doch keine Dame. Ich bin doch bloß das Fräulein Schneider.«

Immer waren recht kindliche junge Leute um die Sigi, und sie brachte Freunde mit. In Sigis Zimmer schliefen dann vier Männer, und Sigi schlief im selben nur von Studenten bewohnten Haus, irgendwo hoch oben bei einer Freundin auf einer Matratze. Sie liebte Jack, einen Adligen, dem sie täglich schrieb und zum Geburtstag eine teure Weste schneiderte; er schrieb ihr nie und behandelte sie grob. Ein junger Jude, der Krautwickel oder ähnlich hieß, verliebte sich in Sigi und schrieb ihr jeden Tag einen gescheiten Brief. Ihr gefiel's gut, was er da schrieb, doch liebte sie ihn trotzdem nicht. Und als er sie in Zürich zu einer Maskenredoute der high society abholen wollte, jagte sie ihn weg und ging um zwölf allein dorthin; traf Jack, der zu ihr sagte, er fände es schrecklich, wenn Frauen um die Fünfzig mit kurzen Röckchen auf einen Maskenball gingen; worauf Sigi sich umdrehte und Jacks Mutter in solch einem Röckchen an einem jungen Manne hängen sah; denn Jacks Mutter hatte ständig junge Männer bei sich und wollte deshalb den Sohn aus dem Hause haben. Jack wollte nur Geld verdienen und ließ sich nach einer Banklehre, die er abgebrochen hatte, zum Trikotagen-Vertreter ausbilden. Sigi kannte ihn seit ihrer Internatszeit und liebte ihn, seit sie fünfzehn war.

»Den Bobby kennst du auch noch nicht. Also, ich erzähl' noch vom Bobby. Bobby vertreibt Transitweiß«, sagte Friederike, und Ludwig fragte, was das sei. Also irgendeine spezielle Farbe, mit der Eisen angestrichen wurde, und Friederike war lange Zeit mit ihm aufs Land gefahren. Im Auto sang er »pausenlos« Soldatenlieder und träumte nachts, er werde von einem Russen aufgehängt. Bobby schrie, schlug um sich. In einem Gasthaus wurde Friederike im Klosett ohnmächtig und schlug sich auf dem Boden ihre Vorderzähne ein. Ihre Lippe war gespalten, sie lag in ihrem Blut. Bobby zog sie aufs Bett, weil sie bewußtlos war. Wenn Bobby zu ihr kam, brachte er meistens Würstchen mit. Zu Weihnachten schenkte Friederikes Bruder seiner

Schwester falschen Lachs, falschen Kaviar und eine Klosettbürste. Ihren Großvater kannte sie nur aus den Erzählungen ihrer Mutter: er hatte in den Jahren vor dem ersten Weltkrieg mit hundertfünfzig Mark im Monat eine Reitschule eröffnet und teure Rennpferde angeschafft; die gewannen jedes Rennen. Weil er als Rennreiter mager bleiben mußte, ging er täglich ins Dampfbad und verlor dort sein Haar. Schließlich hatte er Schulden von ungefähr dreißigtausend Mark, und als er's seinen Eltern beichtete, erklärten die: »Dann mußt du nach Amerika.« Nach einer Weile aber sagten sie: »Wir könnten es ja auch bezahlen.« Und der Großvater ärgerte sich, weil er dachte: da hättest du doch eigentlich auch Schulden für hunderttausend machen können. Um sich zu verloben, wollte er seine künftige Braut in einem Hotel in Garmisch treffen; doch als er dort nach ihr fragte, war sie nicht da. Sie hatte einen Zettel hinterlassen, auf dem stand: »Ich bin in der Partnachklamm, dort wo's am meisten tropft.« Und also ging er zum Wasserfall in der Partnachklamm und heiratete am selben Tag. Eine Woche später war dann Krieg, und nach dem Krieg ging er in die Reichswehr. Jeden Tag kam er in Uniform nach Hause und sagte vor dem Mittagessen, die Menschen seien minderwertig. – »Du mußt lügen. Lerne lügen, sag nie ein wahres Wort, weil du sonst nicht durchkommst«, sagte er zu seiner Tochter und stürzte oft vom Pferd, doch waren solche Stürze nichts Außergewöhnliches für Offiziere, weil viele Pferde in Karnickellöcher traten. Einmal lag er drei Tage lang bewußtlos, und seine Unterlippe war bis zum Kinn aufgerissen; sie hing herab. Er fragte seine Frau, ob man es sehe, und sie sagte: »Nein. Überhaupt nicht.« Ein guter Chirurg flickte ihn dann so zusammen, daß später kaum mehr was zu sehen war.

»Glaubst du mir, was ich sage?«

»Ja. Du bist gut. Komm, erzähl weiter.«

»Mir ist es fast langweilig, weil ich's doch schon lange weiß. Erzähl jetzt du etwas von dir«, sagte Friederike.

»Ach, was! Wir fahren doch nach Berching. Dort siehst du selber, wie es bei uns ist. Mach, bitte, weiter.«

Und sie erzählte von Lil, die um vierzig, schlank und blond war und Sommersprossen auf der Nase hatte. Lil war Amerikanerin, sah aber irisch aus. Lil war mit einem Ungarn verheiratet; den hatte sie in Amerika gefunden, einen Schriftsteller, der nur schrieb und nichts verdiente. Lil ernährte ihn acht Jahre lang. Dann sagte sie: »Jetzt könntest du eigentlich auch mal Geld verdienen«, und er sagte: »Das kann ich nur in Ungarn.« Also gingen sie nach Budapest. Dort schrieb er für den Rundfunk in der Abteilung ›Die Stimme für den Westen‹ oder wie das hieß. Von einem Tag zum andern kam die Verordnung heraus, daß alle Ausländer Feinde seien. Da schauten ihre Freunde alle weg, wenn ihnen Lil begegnete. Der Ungar schrieb weiterhin seine Propagandasprüche für den Funk, Lil aber machte sich auf nach Paris, wo sie am ersten Abend Schorsch in Saint Germain begegnete. Er war Mitte zwanzig und lernte Filme machen. Lil schrieb an ihren Ungarn: »Ich lieg in einem Bett mit Schorsch am Place Dauphine, und es ist himmlisch.« Mit Schorsch ging sie nach München. Als er dort mit der Schule fertig war (er ging auf die Filmakademie) tauchte der Ungar wieder auf, und eine Zeitlang lebten sie zu dritt. Dann sagte Lil zu dem Ungarn, sie wolle nichts mehr mit ihm haben, und ging mit Schorsch wiederum nach Paris. Schorsch machte dort Industriefilme und verdiente gut. – »Die sind immer noch in Paris. Sie wohnen auf der Ile Saint Louis in einem alten und stinkenden Haus. Neben ihrem Bett steht ein ›hygienisches Klosett‹. Das pumpt man jeden Morgen aus, und seine Röhre geht in die Dachrinne. Das macht denen nichts aus. Die finden es himmlisch und leben in dem verrotteten Viertel voll Adelspalästen, wo heute nur noch kleine Händler und Handwerker wohnen und Amerikaner sich einmieten, die für ein muffiges Quartier sechshundert Mark im Monat zahlen.«

Wie's halt so ging und weiterging und zuging in der ›Lebensschmiere‹ . . . Ludwig dachte, bis heute habe er nur langweilig gelebt und sei erst jetzt durch sie zu Leuten gekommen, für die jede Straßenecke neu war. Die ließen sich hinaustragen in die Welt, die hatten das Gefühl, das er gern gehabt hätte: Adieu, und vielleicht sehen wir uns einmal wieder . . . Für die war alles nur im Augenblick und einen Augenblick lang so wie sie sich's gedacht hatten. Bald aber war's schon alt geworden, und sie mußten es wegwischen, um Platz in sich zu haben für was Neues. Während du . . .

Mühsam und schwierig ist's für dich, und alles dauert lange. Ein ganzes Leben lang gehörst du nach Berching, und dein Vater ist für dich der Mann, den kein anderer überragt . . . Und eigentlich war das nicht schlecht. Weil er wußte, wohin er gehörte, wirkte das, was viele andre ratlos machte (denk bloß an die Hilde Schnell) nicht auf ihn ein. Das Leben war in Berching immer gleich geblieben; bloß die Eisenbahnen, die Fabriken und die Autos waren dazugekommen; die Spielzeuge also. Und so war's überall und immer. Jedenfalls mußt du dir einreden, daß es so sei ... Freilich, eine wie Friederike mußte mit Neuem fertigwerden, das verwirrte. Sie gehörte nicht dazu, sonst hätte sie die Leute, die sie kannte, nicht derart beschreiben können. Und er sagte: »Bitte, noch mehr ... Ich bin jetzt wie ein Bub, der nicht genug bekommen kann. Du mit deinen Geschichten aus der Großen Welt.«

»Da wär für heut bloß noch die Ute, aber dann ist Schluß. Weil doch ›der Onkel‹ heimkommt. Dann mußt du weg.«

Ute war das Asexuellste, was sich Friederike denken konnte; eine Vierzigerin aus Potsdam, die sie seit ihrer Kindheit kannte. Und eigentlich hatte sie die nie recht gemocht. Ute mußte als Sprechstundenhilfe für sechs Ärzte hart arbeiten; es konnten aber auch bloß drei, oder, genauer, zwei gewesen sein. Wenn Friederike jetzt ›sechs‹ sagte, meinte sie wahrscheinlich zwei.

Ute fuhr allein in Urlaub, also von Berlin nach Tegernsee. – »Jeder Mensch hat etwas, das ihn hält und an dem er sich hinaufrankt«, sagte Friederike. »Und Ute hat das Preußische.« Sie gehörte in eine Familie fritzischer Offiziere und glaubte an die Pflicht. Im Urlaub lernte sie zuweilen Ehepaare kennen, aber wenn der Mann nett zu ihr war, wurde die Frau auf einmal böse. Friederike aber konnte sich niemals vorstellen, wie es möglich war, auf Ute eifersüchtig zu sein.

Utes Schwester war groß, breit, knochig und blond; weshalb sie von den Ihren ›Winzig‹ genannt wurde. Winzig kam anno siebenundvierzig als Haushaltshilfe zu einer Zahlmeistersfamilie mit drei Kindern; damals war sie achtzehn. Einmal, als Ute ihre Schwester Winzig besuchte, sah sie, wie der Mann, ein Kleiner und Mickriger, Winzig anschaute. Da dachte sie: die hat's mit dem Zahlmeister ... Kurz darauf erschien Winzig bei ihren Eltern, um zu beichten, daß sie die Geliebte des Zahlmeisters sei. Später strengte sie sich an, den Mann dahin zu bringen, daß er sich scheiden ließ, und heiratete ihn stehenden Fußes. Die Fürstenfamilie war damit einverstanden, daß Winzig ihren Polterabend auf dem Schloß feierte, und die Fürstensleute fanden diesen sechsundfünfzigjährigen Zahlmeister irrsinnig komisch. Winzig bekam bald einen Buben und lief nach wenigen Monaten zurück zu ihrer Mutter; sie sagte, der Zahlmeister sei sadistisch, mit dem könne sie nicht leben. Also Scheidung. Ihr Kind kam zur Großmutter, und fünf Jahre lang verdiente Winzig ihr Geld ganz allein. Dann fing sie an, sich wieder mit dem Zahlmeister zu schreiben, heiratete ihn ein zweites Mal, und ist seitdem sehr glücklich, eine Bürgersfrau in Bremen, die keinen anderen Mann haben will. – »Es ist nicht möglich, daß sie ihm sexuell hörig ist. Weshalb sie sich mit ihm versteht, läßt sich nicht erklären, und Winzig selbst weiß es auch nicht. Inzwischen ist er an die sechzig und immer noch recht klein und mickerig, überhaupt nicht existent, indiskutabel.«
»Und du verstehst dich mit dem ›Onkel‹?«
»Nun, verstehen ... Doch, es muß so sein. Ich bin da

festgefahren, weißt du. Das hat er geschafft. Er hat mich festgebunden, und eigentlich ist es Erpressung. Aber wenn ich gehe, hat er mich trotzdem noch in der Hand. Oder würdest du für mich ins Zuchthaus gehen?«

Es kam Ludwig vor, als bereute sie, was sie gesagt hatte. Sie schaute auf die Seite, fügte hinzu: »Ein andermal . . . vielleicht«, und ließ ihn merken, daß er gehen solle, weil der Onkel . . . Und er ging.

11

Als wär sie eine andere gewesen: so war sie ihm vorgekommen, als sie von denen erzählt hatte, die sie kannte. Erzählte sie von sich, dann hatte sie eine gedämpfte Stimme, fast als wär sie deprimiert. Und ihr Gesicht kam ihm wie verwischt vor.
All dies zog ihn zu ihr hin. Wenn alles offen dalag, sah's gewöhnlich aus.
Also ist dir's lieber, wenn du es ein bißchen schwierig hast, sagte er zu sich und dachte an die Fahrt nach Berching. Er war nicht ganz im Lot, seit sie gefragt hatte, ob er für sie ins Zuchthaus gehen wolle.
Dann fuhren sie neben der Donau und der Altmühl aufwärts. Sie erzählte von ihrem Bruder Erich und sagte: »Leider will der schon seit längerer Zeit nichts mehr von mir wissen. Er ist vorsichtig g'worden ... Vielleicht ist's auch gefährlich, mit mir befreundet oder gar verwandt zu sein, wer weiß.« Sie lächelte am Lenkrad, und es war ein wolkenschleieriger Tag. Ludwig sagte, Franz Joseph von Österreich-Ungarn habe solch ein Wetter ›umzogen‹ genannt, und Friederike fragte, ob Ludwig den Franz Joseph gekannt habe. – »Ich lerne ihn gerade kennen. Aus seinen Briefen. In denen steht doch alles drin. Das Tagewerk eines Kaisers kannst du draus ablesen, und wie er gewesen ist, übrigens sympathisch. Das Gewährenlassen spürst du aus seinen Briefen heraus, und daß er ein bißchen ironisch zugeschaut hat. Zu einem solchen gehör ich. Dem hätt ich gern die Hand gegeben.«

»Ja, du bist tolerant.«

Es hörte sich fast wie ein Vorwurf an, und Ludwig sagte: »Ich kann niemand vorschreiben, was er tun oder wie er sein soll.«

»Oh, manche haben das ganz gern. Die wollen, daß man sie zurechtweist. Die sind dankbar, wenn man sie ein bißchen anschnauzt. Freilich, mein Bruder tut das auch nicht. Und du gleichst dem.«

»Warum?«

»Weil du dich auch ab und an zurückziehst.«

Er dachte ›ab und an‹ sei altmodisch, heute heiße das ›ab und zu‹, aber er liebte altmodische Wörter; die brachten das Vergangene herein, und ohne das Vergangene wollte er nicht leben. Zuhören war auch besser als selbst etwas sagen müssen, und Friederike kam ihm merkwürdig gemischt vor aus Altmodischem und Neuem. Das Neue überwog, und das Neue war auch jung. So jung wie du selber, dachte er und hörte zu, als sie von ihrem Bruder sprach, der, wie er sich wohl denken könne, kein Schlößchen besitze, dafür aber in Spanien als Maler lebe. – »Das Schlößchen hab ich hinzuphantasiert, und du hast es gemerkt. Gib zu, daß du's gemerkt hast.«

Ludwig wollte es zwar nicht abstreiten, aber gemerkt hatte er es trotzdem nicht; er sagte ihr das auch. – »Ja, ehrlich bist du und anständig. Viel zu anständig für mich.« – »Dann mußt du mich ein bißchen unanständig machen. Ich meine: Das steht dir frei.«

Sie lächelte, lenkte in eine Kurve, und Schloß Prunn stand überm Altmühltal. Er überlegte, unter ›unanständig‹ dächte sie sich wohl was anderes als er, denn

erotisch meinte sie es nicht; in dem Bezirk gab's für sie gar nichts Unanständiges. Also vielleicht im ›bürgerlichen‹ Sinn?
Er kam nicht aus ihr draus, aber so war's ihm recht. Immer nie ganz Bescheid wissen über einen andern, das gehörte doch dazu. Und wieder kam sie auf den Bruder. Der war so lang und schlaksig, fast wie ein Engländer, und nahm selten etwas ernst. Geld hatte er, weil er einen Verschluß für Hochöfen erfunden hatte, und von solch einem Patent gab's immer umfangreiche Tantiemen. – »Sozusagen ... Und jetzt schwindle ich schon wieder. Weil du's doch gern hast ... Er hat natürlich gar nichts, und seine Frau ist eine kleine spanische Kellnerin. Die hat von ihm malen gelernt, das heißt: Sie hat einfach mal angefangen. Und jetzt hat sie Erfolg mit ihrer Malerei, und er hat keinen. Kurios nennt er das, denn für ihn ist fast alles kurios.«
Schloß Prunn hätte zu ihr und ihm gepaßt; und außerdem war dort eine Handschrift des Nibelungenlieds gefunden worden. – »Die behalten wir. Und an Winterabenden liest du mir daraus vor.«
Hinterm Wald lag Berching. Sie hielt und sah hinab. Hohe ausgebleichte Gräser regten sich neben der Straße, Wiesen stiegen tiefer, und unten lag Ludwigs Heimat.
»Nur alte Dächer ... und die Stadtmauer ist auch noch da«, sagte sie, als ob sie mit sich selber spräche. – »Ja, seit dreihundert Jahren ist kaum etwas anders g'worden«, sagte er, obwohl sich allerlei verändert hatte. Merkwürdige Zeit. Und du willst nicht, daß etwas

anders wird. Daß eine wie Friederike hier hereinpaßte, kam ihm unwahrscheinlich vor.
Jetzt war hier Föhnlicht. Er sagte, das Siechenhaus mit seiner Kapelle liege noch wie früher vor den Mauern. – »Bitte, keine Erinnerung an Altersheim und Krankenhaus ... Ich will nur sehen, wie das Leben fest- und gleichbleibt. Am liebsten wäre ich ein Stein oder ein Weg«, sagte sie und fuhr schnell weiter.
Vor einem Lattenzaun beim Beilngrieser Tor ließ sie den Wagen stehen. – »Es paßt sich nicht, wenn ich da durchfahr' ... Stillosigkeit«, sagte sie und fragte, ob er ihr ein Gefühl für Stil überhaupt zugetraut habe. – »Doch«, sagte er, »ich weiß es längst. Aber deine Schwäche für die Steine ist mir neu.«
Sie wollte dann nicht gleich zu seinen Eltern, sondern außen herum gehen, weil er früher auch gern außen herumgestrolcht sei, und sie gehe jetzt auf seinen Spuren: »Weil die Kindheit sowieso am wichtigsten ist.« Wo sie nur die Stadtmauer sah, einen kantigen Turm, weiter unten den Storchenturm, der rund war, dann den Frauenturm und davor Wiesen, fühlte sie sich wie er als Bub mit dem Flitzbogen: »Dann muß es Abend werden, und barfuß spürst du schon die Kühle. Und das Gefühl, daß du nicht ganz dazugehörst.«
Die gemähten Wiesen und die grauen Mauern. Durchs Credinger Tor ging eine Frau im Kopftuch und mit einem Rechen. Der Wald schaute herab. Hinterm Tor war eine zweite Mauer, und zwischen ihr und dem Wehrgang führte ein Pfad. – »Deine Fußspuren sind leider ausgewischt worden. Die kenne ich aus allen anderen heraus«, sagte sie.

Nach Osten lagen Gärten. – »Die sind vor den Mauern angelegt worden, als man keine Befestigung mehr gebraucht hat. Aber das ist lange her ... Und wir sind auch schon lange hier. Seit Adams Zeiten. Und das Mittelalter ist in uns wahrscheinlich immer noch am stärksten. So wird's noch lange sein. Und wenn ich von dir wegmuß, laß ich dir das Mittelalter als Geschenk zurück. Es ist nämlich ein Schneckenhaus mit einer Wendeltreppe, und ich verzaubere dich in das Schneckenhaus des Mittelalters ... Gut, daß du mein Geschwätz nicht ganz verstehst. Nun ja, wenn ich vor dir sterbe und du an mich zurückdenkst, dann verstehst du's. Vom dreizehnten bis zum fünfzehnten Jahrhundert dürfen wir hier leben ... Eigentlich recht lang«, sagte Ludwig.
Am Pulverturm ging der Weg vorbei und war zum Glück auch noch nicht asphaltiert. Ein Aufsatz über Zäune in Berching hätte neue Gesichtspunkte vermittelt, weil diese Zäune nicht weit vom Storchenturm mit dem hohen Ziegeldach storchenbeinig dünn waren, beim Frauenturm aber als dicke Holzpflöcke wie kräftige Schenkel standen. – »Anders als meine. Die gehen mehr so in die Richtung Storchenturm«, sagte sie und suchte in der unteren Vorstadt hinterm Credinger Tor auf dem Pflaster einen Reichstaler, den ihr Barbara Blomberg geschenkt und den sie drei Wochen nach dem Besuch Karls des Fünften hier verloren hatte: »Ich hab schon damals mit der Barbara danach gesucht.«
Sie blieb vor einem Haus stehen, dem sie in die Dachrinne greifen konnte, und sagte, an all dies erinnere sie

sich noch deutlich, weil hier Barbara Blomberg ihre Amme besucht habe und sie beide ihre Pferde an den Bäumen gegenüber angebunden hätten. »Ja, die Bäum' sind immer dagestanden und damals auch so klein wie jetzt gewesen.«

»Woher weißt du, daß hier früher einmal Bäume g'standen sind?« sagte Ludwig.

»Ich sag dir ja: von damals. Es muß um fünfzehnhundertzwanzig rum gewesen sein. Was meinst du, wie das damals aufgefallen ist: Zwei Mädchen, die allein geritten sind ... Einer deiner Urgroßväter – ich weiß jetzt nimmer, war's der mit dem Stelzfuß oder der, der später seine Frau verlassen hat und mit dem Kaiser bis nach Pavia gekommen ist ... Ja, ich meine, der sei es gewesen. Also, der hat auf die Geschenke aufpassen müssen, die der Kaiser in jeder Stadt bekommen hat und die auf drei Wägen g'legen sind; Seidenstoffe, Gläser, Humpen und einmal auch eine vergoldete Arkebuse ... Aber es geht ja nicht um Arkebusen. Es geht um einen deiner Urgroßväter. Also, der war Schmied beim Credinger Tor, und sie haben ihn später den roten Breitschwerdt g'heißen. Der hat die Barbara und mich um Teufels G'walt auf seinem Roß begleiten wollen, weil er gemeint hat, wir seien Marketenderinnen und hätten den Duft der Ferne in unseren Röcken.«

»Den hast du heute noch.«

Jetzt waren sie beim Viehmarkt, und das Haus mit dem Staffelgiebel schaute her.

»Hier ist's nicht. Hier hab' ich deinen Großvater nicht getroffen. Das war am Markt.«

Woher sie all dies wußte, konnte er sich nicht vorstellen; also vielleicht aus sich selbst. Im Gotha jedenfalls stand's nicht. Und wieder dachte er: was wohl der Vater von ihr denken wird?
Sie kam ihm erhitzt vor. Am Marktbrunnen wartete sie und sah aufs Wasser. Dabei kämmte sie sich und sagte: »Dein Vater ... der kann mich vergleichen mit vielerlei Leuten. Der durchschaut mich. Dann kommt's auf, was ich für eine bin.«
Der Vater kam aus dem Keller und sagte: »Ich hab schon 'dacht, zwei wollen übernachten.«
Überm Stammtisch hing der Spieß neben dem Posthorn, und Ludwigs Mutter sah dort Pläne für ein Haus an. Der Vater setzte sich neben sie in den Ohrenbackensessel mit dem rissigen Lederpolster und den Porzellankopfnägeln und sagte: »Du kriegst dort hinten auch dein Gartenhäuserl, aber jetzt sind Logiergäste da.«
»Wiggerl, grüß di Gott! Das ist also die Friederike ... Er hat mir nämlich schon von Ihnen g'schrieben«, sagte die Mutter.
In der Ecke saßen zwei im blauen Anton. Es waren der Michel und der Toni, beide Automechaniker. Friederike machte einen Schritt auf sie zu und ging dann mit ihm zu den beiden.
Sie sagte: »Friederike heiß ich« und fragte, ob sie einen Morris, Baujahr 57, reparieren könnten. – »Hapert's am Kardangelenk? Das würd sich machen lassen.« –
»Siehst du ... Jetzt mache ich ein langes G'sicht. Den Morris hab ich nämlich hergegeben und einen VW

dafür genommen. Im Morris hab' ich den da kennen g'lernt.« Sie deutete auf Ludwig.

»Holla!« sagte Michel, und: »Sauber, sog i«, sagte Toni.

»Aber doch nicht so ... Er hat neben mir bei Rot gehalten. So ist es passiert.«

»Jo mei.«

Als sie hinausgegangen war, sagte Michel zu Ludwig: »Eine zum Pferdstehlen, wos? Sauber sog i ... Ja, der Wiggerl war halt immer schon a Eigener.«

Der Vater, in Hemdsärmeln, wischte den Tisch ab, und Ludwig half ihm, die Tischdecke aufzulegen. Im Nebenzimmer wurde für fünf Pensionsgäste gedeckt, und der Vater sagte, einer davon sei ein Maler und der gleiche dem Kronprinzen. Sie sahen dann den schlanken Mann, und Friederike sagte, der gleiche einem Diplomaten, freilich einem, der längst tot sei: »Du hörst ja, daß er aus dem Rheinland ist. Fast wie der Metternich.«

Sie fragte den Vater, wie es mit dem Personal sei, ob er da keine Schwierigkeiten habe: »Der Ludwig erzählt mir ja nichts davon.«

»'s geht schon. Mich wundert es, daß es noch geht. Die Jüngste vom Zitzelsperger, der drüben das Kaufhaus hingestellt hat – ich find's scheußlich, aber praktisch ist es schon –, die will bei mir lernen. Weil sie nichts vom Haushalt versteht und nächstes Jahr heiratet. So etwas gibt es also auch noch.«

Mit der Mutter sah sich Friederike dann die Pläne fürs Haus an, das die Eltern bauen und an Feriengäste vermieten wollten. – »Auf unsre alten Tag ziehen

dann wir hinein«, sagte die Mutter. Friederike sagte: »Weil der Ludwig ein G'studierter wird. Ich an seiner Stell' wär nie aus Berching weggegangen.«
Sie sah sich im Gasthof um. Von den Wilderer-Bildern im oberen Flur sagte sie, mindestens eines davon würde sie mitnehmen und in ihre Bude hängen, wenn sie der Ludwig wäre. Daß noch so viele Biedermeiermöbel hier waren, verwunderte sie, weil sie gehört hatte, die seien entweder von Besatzungssoldaten verheizt oder von ihren Besitzern verkauft worden.
»Bei mir kommt nichts weg. Das bleibt alles wie's ist«, sagte der Vater und fragte, wie sie den Rostbraten haben wolle: »Ganz durch oder . . .«
»Ganz durch gebraten ist barbarisch. Ich will keinen ledernen Handschuh essen. Rosa, bitte . . . innen ganz zart rosa, damit er saftig bleibt.«
Der Vater schmunzelte, und Ludwig dachte: jetzt hat sie den auch rumgekriegt.
Sie fand den richtigen Ton. Dann aß sie und kam Ludwig müde vor. Michel und Toni hatten ihr Bier ausgetrunken und waren weggegangen. – »Willst dich hinlegen?« fragte er. – »Du, das wär wunderbar. Die Fahrt hat mich doch angestrengt.«
Nein, dachte er, die Fahrt ist nicht dran schuld. Vielleicht beneidete sie ihn um seine Eltern, denn sie hatte kein Zuhause; oder sie fremdelte bloß. Jedenfalls war sie jetzt abgespannt.

Später, beim Wegfahren, sagte sie: »Es hat keinen Sinn. Wir müssen es aufgeben.« Und nach einer Weile:

»Du weißt, wohin du gehörst.«

Er erinnerte sich, daß sein Vater gesagt hatte: »Hat sie bessere Tage g'sehn?« Und Ludwig hatte mit »ja« geantwortet.

»Du sollst deinen Eltern später mal alles von mir erzählen. Es ist sowieso bald so weit«, sagte Friederike.

»Was ist bald so weit?«

»Daß du's ihnen erzählen kannst.«

»Warum?«

»Weil ich abreisen werde. Übrigens mit meinem Mann.«

12

Lieber nicht so genau wissen wollen, wie es ist ... Doch, mache es dir klar. Aber du weißt doch nicht, wie's ist; nur wie es dir erscheint.

Jedenfalls hatte sein Vater gemerkt, daß sie etwas Feineres war; und die Mutter war schweigsam geblieben. Du aber wirst verhindern, daß die Friederike mit einem wie Max zusammenkommt. Du gehörst zu ihr, weil auch du nirgends hingehörst; was freilich nicht ganz stimmen mochte, weil er doch zu seinen Eltern gehörte. Aber du bist unsicher, weißt nicht, was du werden willst. – ›Wir leben in freier Wildbahn‹, hatte sie gesagt.

Traf dies auch für ihn zu? Nein. Oder es war vielleicht so, daß er, was seine Herkunft, seine Ausbildung und seinen Beruf anging, zu den Eltern, zu Max und den anderen gehörte; in Gedanken, in der Phantasie aber war er bei denen, die in freier Wildbahn lebten; so ungefähr, denn ganz genau stimmte es nie, was einer dachte. Auch was du denkst, stimmt nie genau ... Und ›denken‹ tust du sowieso nichts; du hast halt ein Gefühl, eine Empfindung, und dafür suchst du Wörter. Du suchst und findest keine, die zu dir passen. Wenigstens das hast du bei dieser G'schicht gelernt ... Und ihm fiel ein, daß auf Todesanzeigen manchmal stand: »... nach einem erfüllten Leben.« Das gab's wahrscheinlich nie. Jedenfalls wußten's die nicht, die Todesanzeigen in die Zeitung setzten.

Sich einfügen, sich ducken und sich schicken also;

eigentlich widerlich, aber was bleibt dir schon anderes übrig? Friederike versuchte anders zu leben als er und alle andern. Und wohin war sie gekommen? In die Finger einer argen Sklaverei; denn ihm kam's vor, als ob sie auch mit dem Bekanntschaft gemacht hätte, was man ›das Kriminelle‹ hieß. Sie fand sich nicht zurecht. Und der ›Onkel‹ war damit einverstanden, daß sie sich um ihn, einen braven jungen Menschen, kümmerte. Da solltest du also eingespannt werden in etwas, das von irgendjemand, also wohl vom ›Onkel‹, geplant worden war, und sie hat sich dem allem widersetzt. Warum? Weil sie dich mag ... Und er erinnerte sich, daß sie zu ihm gesagt hatte: »Willst du vielleicht für mich ins Zuchthaus gehen?«
Es wurde ein bißchen heller, und er sah sie vor sich mit ihren bläulichen Zähnen und im dünnen Kleid, einem ausgewaschenen Fähnchen. Elegant war sie nicht, und vielleicht war's ein Zeichen dafür, daß sie von sich selber nicht viel hielt, nichts auf sich gab, weil sie unglücklich war. Es war da etwas Unbekanntes wie ein Zimmer, in das er noch nicht eingetreten war ... Am Ende will sie deinetwegen von dem Onkel weg.
Das bildest du dir ein, wünschst dir, daß es so sei, aber so wird es nie ... Vielleicht, daß sie sich abgesichert hatte für den Fall, wenn's brenzlig wurde. Dann wirst auch du hineingezogen, warte nur ... Und er wunderte sich, daß er keine Angst hatte. Es war da nur ein mulmiges Gefühl.
Der Nachmittag an der Donau fiel ihm wieder ein und wie sie später in der Gasse mit den Bäumen von Barbara Blomberg erzählt hatte. Die spürt alles, was du

denkst; als ob sie sich in dir auflösen würde. Die hat gesagt, was du gedacht hast. Als ob's ein Ineinandermischen von Gefühlen, Empfindungen gäbe, während Max zu sagen pflegte: »Du hast die Wahl: Entweder mitmachen oder ein Außenseiter bleiben. Heutzutage genügt's nicht mehr, bloß ein Mensch zu sein.«

Er ging dann in die Watmarkt-Gasse, wo Friederikes Wohnung offenstand und eine alte Frau zu ihm sagte: »Sie ... daß Sie immer zu denen 'kommen sind ...« Sie schaute Ludwig an, schüttelte den Kopf und wiederholte: »Sie ... ausgerechnet Sie!« Dann brummelte sie vor sich hin, machte die Fenster auf, ging über die alten Dielen, auf denen keine Teppiche mehr lagen. – »Wenn nur der G'ruch verschwindet ... Ich will nur sehen, ob ich denen ihren G'ruch hinausbring. Sie, Herr, das war doch G'schwerl. Endlich ist dieses G'schwerl draußen ... Zwar haben's immer fein getan und davon g'redt, daß' früher Geld g'habt ham ... Aber das Madel hab ich trotzdem mal erwischt, wie's meinen Schrank mit die alten Glaseln aufg'macht hot. Stellen'S sich vor, Herr, die hat sich einen neuen Schlüssel machen lassen für mein Schrank!« Und nach einer Weile: »Das Madel war nicht ung'schickt. Die hab ich eigentlich gemocht. Aber ihr Onkel! Wie der immer g'redt hat ... Immer hat der grad ein ganz tolles Geschäft in Aussicht g'habt und ist vor irgendeinem großen Abschluß g'standen ... Und was denen gehört hat, das ist in zwei Koffer einigangen.« Und wieder nannte sie die zwei a G'schwerl.

Ludwig kam's vor, als sähe jetzt die Wohnung wie jede andere aus, vielleicht weil darin die Teppiche fehlten. Und er sagte: »Die Teppiche ... sind nimmer da.« Die Frau sagte: »Meinen'S denn, die haben denen g'hört? Wie's eingezogen sind, habn's gebittelt und gebettelt: Tun'S uns doch die Teppiche herein, Sie haben ja gnug Teppiche. Da hab ich denen halt ein paar hinaufgebracht ... Wie die jetzt ausschaun, Herr, das können Sie sich nicht vorstellen! Überall Flecken, und wann's bloß Schmutzflecken wärn, dann würd ich gar nichts sagen. Aber Kaffeeflecken, Herr! A ganz a großer wie a Kindskopf, mitten auf meim Buchara!«
Ludwig verstand die Frau. Du liebe Zeit, ein Kaffeeflecken auf dem Teppich, das war arg ... Zu Haus in Berching lagen nirgends Teppiche, und Frau Köberl hatte bloß zwei Fleckerlteppiche vor ihren Ehebetten. In der Watmarktgasse, wo Friederike und der Onkel gewohnt hatten (denn Ludwig meinte immer noch, der könne nicht ihr Mann gewesen sein), war unten ein Antiquitätenladen. Frau Köberl sagte, den habe diese Frau vermietet, und davon lebe sie. Die komme gut aus. Auch das alte Haus gehöre ihr.

Weil Friederike nicht mehr da war, sah jetzt die Stadt anders aus.
Er ging dort weiter, wo ein Rest des Grabens vor der Stadtmauer übriggeblieben war und eine Anlage hohe Bäume hatte. Hier war die Fürst-Anselm-Allee, und drüben standen Häuser aus der Zeit, als man begon-

nen hatte, die Befestigungen wegzuräumen. Die Spuren stiller Jahre waren dort in kleinen Gärten noch zu sehen, und Ludwig erinnerte sich, gelesen zu haben, daß früher irgendein Türmer seinen Dienst schlampig versehen hatte; manchmal hatte es geheißen, diese Türmer machten es sich zu gemütlich, gingen weg, um ein Glas Bier zu holen, oder schliefen. Später, als Kontrolluhren für sie gemacht worden waren, war ihr Dienst genauer überwacht worden, doch brauchte man ihn deshalb noch nicht streng zu nennen. Und Ludwig, der dachte, es werde sich mit Friederike noch etwas ereignen, war froh, an die Zeit denken zu können, als auf den Bastionen Gärten angelegt wurden, solche mit dichten Hecken und Pflaumenbäumchen.

Er kam zum Stadttheater am Platz mit dem Springbrunnen. Das Theater war hellgelb getüncht und hatte im Giebel ein Ochsenaugenfenster. Nicht weit davon aus Backsteinen das Jakobstor, das heute als Zierrat erschien; viele Lastwagenfahrer hätten das Tor am liebsten weggefegt. Gut, daß es noch so hersah wie in alter Zeit. Und er stellte sich die alte Zeit als Stadt aus Blau und Grau vor, durchsichtig und verwischt wie Luft und Rauch. Die Zeit schob sich schon zwischen ihn und Friederike, war da und halb verschwunden, schon Vergangenheit. Draußen am Fluß, beim Palais Württemberg, wo Kinder lärmten, hieß der Uferweg Hundsumkehr. Dort kehrte dann auch Ludwig um.

Die Zeit stillstehen oder warten lassen; auf eine halbe Stunde kam's nicht an. Frau Köberl hielt jetzt ihre Mittagsruhe. Das Schwimmbad wurde mit dem Grundwasser der Donau gespeist und hatte heut am

Montag noch viele freie Rasenplätze. Wie angestrichen sah das Gras aus, und nur am Rande lagen nackte Leute.

Später, als er wieder in den engen Gassen ging, versuchte er sich zu erinnern, wer ihm begegnet war, seit er an die Zeit der Biedermeiergärten und der Türmer gedacht hatte, doch fiel ihm niemand ein. Außer ein paar Kindern draußen bei der Hundsumkehr hatte er nur Bäume, Häuser und Tore gesehen. Und jetzt wieder der Lärm des Blechs, die Autogase überm Pflaster und ein Erker, der vorragte, als schaue aus dem hohen Haus ein versteinerter Mensch heraus.

Dann kam der Onkel auf ihn zu. Lächelnd blieb er stehen und sagte: »Friederike möchte Ihnen auch noch adieu sagen, denn wir ziehen weg.« Er holte seine Brieftasche hervor, nahm einen Scheck heraus und bat Ludwig, ihn weiter vorne in der Bankfiliale einzulösen. – »Ich warte im Auto«, fügte er hinzu, als sich zwei junge Männer neben Ludwig stellten. Einer von ihnen sagte: »Wir begleiten Sie, damit Ihnen nichts passiert.«

Den Scheck wegwerfen? Einer der Männer hielt ihn am Ellbogen fest, als wäre Ludwig betrunken und man befürchte, daß er strauchle. Ludwig ging langsam, zögerte und versuchte den Scheck einzustecken, doch hielt ihm einer den Arm fest: »Immer brav der Reihe nach, verstanden? Und, bitte, schneller gehen.«

Friederike kam über die Straße, lächelte ihm zu und sagte: »Ich bin schon reisefertig.« Sie streckte ihm die Hand hin, und er gab ihr den Scheck. Sie lief, die beiden, die ihn festgehalten hatten, folgten ihr, um

sie zurückzuhalten, doch war sie bereits an der Glastür, die sie aufdrückte.
Ludwig ging allein weiter; wartete, schaute zur Bankfiliale, bemerkte neben sich ein Auto mit laufendem Motor und sah darin den Onkel hinterm Steuer sitzen.
Ein Mann sagte: »Gehen'S hier weg!« machte die Wagentüre auf und ließ sich vom Onkel die Papiere zeigen. – »Motor abstellen. Herauskommen, bitte«, sagte er. Dann wartete er neben ihm und zog dem Onkel die Hand aus der Tasche. Friederike kam zurück und schaute Ludwig an; sie nickte, als wolle sie sagen: Ja, es hat geklappt. Die beiden Männer hinter ihr wurden von zwei anderen begleitet; ihre Hände waren dicht neben den Händen derer, die gefesselt waren und in ein Polizeiauto einstiegen.
Friederike blieb neben dem Onkel und jenem dritten stehen, der ihm die Hand herausgezogen hatte. Jetzt nahm sie ihm eine Pistole aus der Tasche, kam zu Ludwig und sagte: »So verändert sich eine wie ich.« Dann stieg sie ein, und beide Wagen fuhren weg.
Flüchtige Erscheinung, fast, als wärst du aufgewacht. Trotzdem kam's ihm unwahrscheinlich vor, daß Friederike zur Polizei gehören sollte. Und am anderen Morgen, als er in der Zeitung von einem verhinderten Bankraub las und eine Photographie sah, auf der er sich als Schatten am Bildrand erkennen konnte, klopfte Max an seine Tür und fragte: »Bist du's wirklich?«
Jawohl, Max hatte sich nicht getäuscht. Und für ihn war's leicht gewesen, Genaues zu erfahren, nachdem sein Vater vom Stammtisch zurückgekommen war und erzählt hatte, der Polizeipräsident habe im Ratskeller

dienstlich trocken und spöttisch von einem Geschäftsmann berichtet, der sich einer Dame versichert hatte, ohne zu bedenken, daß sie auch noch andre Verbindungen haben könnte. Es sei allerdings schlimm, und das Mädchen tue sogar den Beamten leid, die sie verhört hätten, denn immer wieder sage sie: »Wenn ich zu diesem Jungen zurückkönnte ... Er hat nichts damit zu schaffen. Laßt doch wenigstens den heraußen.« Und Max sagte, man habe ihr versichert, der werde nicht behelligt. Er schaute aus dem Fenster und fügte hinzu: »Über den hat man schon vorher recherchiert.« Ludwig fielen lateinische Wörter ein, die auf Grabsteine gemeißelt waren: »Den Schattengöttern und der ewigen Grabesruhe geweiht«, »Dem Andenken der Ärmsten gewidmet«. Sie standen auf Denksteinen im Museum, löcherig verwitterten Blöcken, mit zerkratzten, zerschabten oder so scharf hineingehauenen Inschriften, als hätte der Steinmetz gestern den Meißel weggelegt. Und er zeigte Max einen versteinerten Ammoniten, der auf seinen Kollegheften lag, und sagte: »Den beneide ich. Der wäre ich jetzt gerne.«

Von Hermann Lenz erschienen im Suhrkamp Verlag

Der Kutscher und der Wappenmaler. Roman. 1975. *Bibliothek Suhrkamp* Band 428. 177 S.
Dame und Scharfrichter. Erzählung. 1976. *Bibliothek Suhrkamp* Band 499. 140 S.
Die Augen eines Dieners. Roman. 1976. *suhrkamp taschenbuch* Band 348. 223 S.
Spiegelhütte. Roman in drei Erzählungen. 1977. *Bibliothek Suhrkamp* Band 543. 246 S.
Das doppelte Gesicht. Drei Erzählungen. 1978. *Bibliothek Suhrkamp* Band 625. 312 S.
Verlassene Zimmer. Roman. 1978. *suhrkamp taschenbuch* Band 436. 223 S.
Andere Tage. Roman 1978. *suhrkamp taschenbuch* Band 461. 260 S.
Neue Zeit. Roman. 1979. *suhrkamp taschenbuch* Band 505. 392 S.
Der russische Regenbogen. Roman. 1979. *suhrkamp taschenbuch* Band 531. 156 S.

Von Hermann Lenz erschienen im Insel Verlag

Neue Zeit. Roman. 1975. 391 S.
Der Tintenfisch in der Garage. Erzählung. 1977. 139 S.
Tagebuch vom Überleben und Leben. Roman. 1978. 318 S.
Die Begegnung. Roman. 1979. 204 S.
Der innere Bezirk. Roman in drei Büchern. 1980. 726 S.

st 551 Yasushi Inoue
Die Eiswand
Roman
Aus dem Japanischen von Oskar Benl
416 Seiten
Die Gebirgspartie, nach der der Roman seinen Namen hat, ist die steil aufragende Ostwand des Hodaka-Gebirges. Sie wird zum Schicksal zweier Freunde, die beide an dieselbe, verheiratete Frau gebunden sind. Was in einer emanzipierten Umwelt weder Verlegenheit noch Unruhe hervorrufen könnte, bekommt innerhalb der starren, konventionellen Gesetze Japans anderes Gewicht.

st 552 Alejo Carpentier
Krieg der Zeit
Sieben Erzählungen und ein Roman
Aus dem Spanischen von Anneliese Botond
208 Seiten
Die vorliegende Ausgabe faßt alle Prosawerke zusammen, die Carpentier je unter diesem Titel vereinigt wissen wollte: *Der Pilgerweg nach Santiago, Reise zum Ursprung, Der Nacht gleich, Finstermette, Die Berufenen, Die Flüchtlinge, Die Verfolgung, Asylrecht.*
»Eine wahrhaftigere – manchmal leiderfüllte, manchmal amüsante, immer aber ästhetische vollkommene – Annäherung an Lateinamerika gibt es nicht.«
Karsten Garscha

st 553 Basis. Jahrbuch für deutsche Gegenwartsliteratur
Band 9
Herausgegeben von Reinhold Grimm und Jost Hermand
272 Seiten
Mit Beiträgen von Norbert Mecklenburg, Manfred Durzak, Jost Hermand, Adolf Muschg, Bernd Neumann, Mazzino Montinari u. a. Ohne methodisch festgelegt zu sein, sucht *Basis* eine Literaturbetrachtung zu fördern, die an der materialistischen Grundlage orientiert ist.

st 554 Werner Hofmann
Gegenstimmen
Aufsätze zur Kunst des 20. Jahrhunderts
Mit zahlreichen Abbildungen
344 Seiten
Hofmann befragt seine Themen nach Gegenstimmen: die Wiener Jahrhundertwende und der Jugendstil verlieren so ihre einstimmige Fassung; die Surrealisten bekommen Stammbäume, die sie als Fortsetzer der Tradition ausweisen; Trotzkis Kunsttheorie zeigt sich als Summe einer langen Überlieferung; unter dem Gesichtspunkt der »Verwandlung« treten Schönberg, Kandinsky und Mondrian auf eine gemeinsame strukturelle Plattform.

st 555 Pierre Bertaux
Mutation der Menschheit
Zukunft und Lebenssinn
Mit einem Nachwort zur Taschenbuchausgabe 1979
Aus dem Französischen übertragen vom Verfasser und von Heinz Wissmann
Nachwort aus dem Französischen von Eva Moldenhauer
248 Seiten
Die Zeitwende, in der wir heute stehen, ist nicht nur eine unter den vielen Zeitwenden, die es in der Menschheitsgeschichte gegeben hat. Das ungeheure Ereignis, an dem wir – bewußt oder unbewußt – alle beteiligt sind, ist eigentlich eine biologische Mutation. Die vorige Mutation, in paläontologischen Urzeiten, brachte das Erscheinen des *Homo sapiens*. Wir, und vor allem die junge Generation, stehen auf der Schwelle zu einer anderen, neuen Menschenart: der Menschheit der neotechnischen Ära.

st 556 Über Robert Walser
Dritter Band
Herausgegeben von Katharina Kerr
248 Seiten
Im vorliegenden Band werden jene Aufsätze in deutscher Übersetzung vorgestellt, die vom außerdeutschen Sprachraum her Einfluß auf die frühe Walser-Rezeption genommen haben, wie auch neuere Arbeiten, die das heute sehr hochstehende Niveau der fremdsprachigen Diskussion über Walser dokumentieren. Mit Beiträgen von J. Chr. Middleton, M. Robert, G. C. Avery, R. Calasso, W. Weideli, C. Magris u. a.

st 557 Walter Schäfer
Erziehung im Ernstfall
Die Odenwaldschule 1946–1972
Mit einem Nachwort von Hellmut Becker
264 Seiten
Am Beispiel der privaten Heimschule *Odenwaldschule* soll gezeigt werden, wo in unserer Gesellschaft während der ersten Nachkriegsjahrzehnte Behinderungen beim Heranwachsen junger Menschen sichtbar wurden und wie man versucht hat, diese Behinderungen nachhaltig abzubauen.

st 558 Erica Pedretti
Harmloses, bitte
80 Seiten
An den Bildern, die Erica Pedretti in anschaulicher Deutlichkeit entwirft, läßt sich der Übergang von der Deskription einer idyllischen Landschaft, des heilen Lebens zur angedeuteten Tragödie erkennen. Dieses Modell ist in einer gegenständlichen Sprache erzählt, die modernste Erzähltechniken ebenso wie den einfachen Satz aufnimmt. So erweist sich der Text als spiegelndes Glatteis, auf dem der, der Harmloses erwartet, zu Fall kommt.

st 559 Ralf Dahrendorf
Lebenschancen
Anläufe zur sozialen und politischen Theorie
238 Seiten
Dieser Band ist ein Versuch, den Begriff der Lebenschancen als Schlüsselbegriff zum Verständnis sozialer Prozesse zu etablieren und in den Zusammenhang geschichtsphilosophischer Erwägungen zur Frage des Fortschritts, sozialwissenschaftlicher Analysen des Endes der Modernität und politisch-theoretischer Überlegungen zum Liberalismus zu stellen.

st 563 Franz Innerhofer
Die großen Wörter
Roman
192 Seiten
Belastet mit den Erfahrungen einer vergewaltigten Kindheit (*Schöne Tage*, st 349) und mühsamen Anstrengungen, als Lehrling und Fabrikarbeiter Selbständigkeit zu behaupten (*Schattseite,* st 542), unternimmt Holl nunmehr den Versuch, als Abendschüler und schließlich Student sich Eintritt in die »Welt des Redens« zu verschaffen.

»Innerhofer verweist auch auf die Fragwürdigkeit einer Sprache, die nicht allen zur Verfügung steht und so zu einem Herrschaftsinstrument werden kann.«

Der Tagesspiegel

st 564 Jorge Semprun
Der zweite Tod des Ramón Mercader
Roman
Aus dem Französischen von Gundl Steinmetz
392 Seiten
Diese Spionagegeschichte dient dazu, die politische Gegenwart aus der inneren Perspektive von Menschen vorzuführen, für die Existieren und politisches Engagement gleichbedeutend sind.
»Man kommt von der Lektüre nicht los. Denn Sempruns Erzählweise, die Leuchtkraft und Treffsicherheit seiner bildstarken Sprache überzeugen und reißen jeden Leser bis zum dramatischen Ende der Geschichte mit.«

Peter Jokostra

st 565 Dorothea Zeemann
Einübung in Katastrophen
Leben von 1913–1945
168 Seiten
»Vom Widerstand als Begriff oder Kategorie, von Schuld und Gewissen mag ich nicht reden. Es ging bei uns um die Praxis des Überlebens ... Das Problem war: Überleben – und neugierig war ich auch. Neugierig bin ich noch immer auf das, was ich erlebt habe, denn ich weiß noch immer nicht, wie es zuging: Das ist es, was mich zum Schreiben zwingt.«

st 566 Wolfgang Utschick
Die Veränderung der Sehnsucht
Erzählung
168 Seiten
Die Geschichte eines in der Nachkriegszeit Aufgewachsenen wird zur Biographie einer Generation, die seit den studentischen Unruhen dem patriarchalischen Alptraum zu entkommen versucht. Utschick ist in dem Kampf um die Wahrnehmung anderer Welten und um die Rettung der eigenen die Phantasie nicht ausgegangen. Diesen Kampf, von dem *Die Veränderung der Sehnsucht* in einer schönen Verbindung von Eigensinn und Einsicht erzählt, lesend zu verfolgen, macht Spaß – und Mut.

st 567 Karin Struck
Lieben
Roman
452 Seiten
Dies ist ein Buch über die Liebe und ihre Nähe zum Tod – ein Bericht über erotische Erfahrungen von Menschen und ein Roman der Entwicklung einer Frau im dreißigsten Jahr. ». . . ein Psychogramm gegenwärtiger Umbrüche im Selbstverständnis der Frauen – ein Psychogramm der rebellischen Unruhe. Deshalb wird sich *Lieben* vielleicht in absehbarer Zeit schon wie ein Dokument für den weiblichen Aufbruch der siebziger Jahre lesen lassen.«
Beatrice von Matt, Neue Zürcher Zeitung

st 568 Bernard von Brentano
Berliner Novellen
Mit Illustrationen nach Linolschnitten von Clément Moreau
96 Seiten
In dieser 1934 erstmals erschienenen Sammlung erzählt der Autor die Geschichte des sechsjährigen Rudi, eines angeblichen Attentäters, er erzählt die Geschichte eines außerordentlichen Mädchens (»Von der Armut der reichen Leute«), eines Straßenmusikanten (»Der Mann ohne Ausweis«). Er sieht Zusammenhänge dort, wo Zeitungen Berichte bieten. Arbeiter, Arbeiterinnen, Bettler treten auf, aber auch das Berlin der Bankhäuser und des Geldes. Klaus Michael Grüber entdeckte die Novelle »Rudi« für eine Inszenierung durch die *Schaubühne am Halleschen Ufer* im Berliner *Hotel Esplanade.*

st 569
Der große Charlie
Eine Biographie des Clowns
von Robert Payne
Deutsch von Jakob Moneta und Werner Koch
Mit einem Nachwort von Werner Koch
276 Seiten
Woher kommt der Clown? Wohin geht er? Was bedeutet seine Maske? Welche Räume hat er durchstreift, um auf die Erde zu kommen? »Clown sein«, sagt Chaplin, »ist eine Sache, über die man verzweifeln kann.«
»Dieses Buch gehört zu den besten, die bisher über Charlie Chaplin geschrieben wurden.«
Saturday Review of Literature

st 570 Stanisław Lem
Der Schnupfen
Kriminalroman
Autorisierte Übersetzung aus dem Polnischen von Klaus Staemmler
Phantastische Bibliothek Band 33
202 Seiten
Eine Serie von mysteriösen Todesfällen beschäftigt die italienische Polizei. In einem süditalienischen Badeort verschwinden oder sterben fast ein Dutzend Kurgäste. Sie alle sind Ausländer, es sind ausnahmslos Männer mittleren Alters. Den Verdacht auf Selbstmord muß man nach genauem Aktenstudium und Befragen der Angehörigen in den meisten Fällen ausklammern. Und was soll man davon halten, wenn ein ehemaliger Champion im Crawlen im seichten Strandgewässer ertrinkt?

st 571 ›Quarber Merkur‹
Aufsätze zur Science-fiction und Phantastischen Literatur
Herausgegeben von Franz Rottensteiner
Phantastische Bibliothek Band 34
262 Seiten
Aus dem ›Quarber Merkur‹, einer der unbekanntesten wie einflußreichsten Amateurzeitschriften zur Science-fiction, werden hier die interessantesten Artikel vorgestellt. Neben literaturtheoretischen Abhandlungen und Übersichten stehen Einzeldarstellungen zu wichtigen Autoren der utopisch-phantastischen Literatur wie George Orwell, Jean Ray, Stanisław Lem u. a. Einige der scharfsinnigsten Aufsätze von Stanisław Lem, wie z. B. »Roboter in der Science-fiction«, sind ebenfalls in dem Band enthalten.

st 572 Hermann Broch
Gedichte
Kommentierte Werkausgabe, herausgegeben von Paul Michael Lützeler
Band 8
232 Seiten
»Die Motive der menschlichen Aufrüttelung, Verwandlung und Läuterung durch den lebenbegleitenden Tod sind kennzeichnend für Brochs lyrische Dichtung. Die Spannweite der Formen reicht dabei vom karikaturistischen Couplet bis zur gehobenen Elegie.« *Erich von Kahler*

st 574 Materialien zu Rainer Maria Rilkes ›Duineser Elegien‹
Herausgegeben von Ulrich Fülleborn und Manfred Engel
Erster Band: Selbstzeugnisse
416 Seiten
Dieser Teil einer dreibändigen Materialsammlung zu den *Duineser Elegien* belegt umfassend die krisenreiche äußere und innere Entstehungsgeschichte von Rilkes lyrischem Hauptwerk und enthält alle Selbstdeutungen des Dichters. Die folgenden beiden Bände der *Materialien* werden die allgemeine und wissenschaftliche Rezeption der *Duineser Elegien* bis zur Gegenwart dokumentieren.

st 575 Christiane Rochefort
Eine Rose für Morrison
Roman
Aus dem Französischen von Eugen Helmlé
230 Seiten
Eine Rose für Morrison – das heißt nichts anderes als eine Huldigung für Norman Morrison, der sich aus Protest gegen den Krieg in Vietnam vor dem Pentagon in Washington verbrannte. Der Roman handelt vom Aufstand der Jugend gegen eine Welt, die das Falsche, das Gemeine, das Verbrecherische von ihr verlangt.
»Das Buch stellt einen imponierenden Versuch dar, die Materialien der Zeitstimmung in den Roman einzubringen. Und zugleich plädiert er für das elementare Recht des Jungen, des Neuen, des Kommenden, sich zu verwirklichen.« *Heinrich Vormweg*

st 576 Felix Philipp Ingold
Literatur und Aviatik
Europäische Flugdichtung 1909–1927
Mit einem Exkurs über die Flugidee in der modernen Malerei und Architektur
Mit zahlreichen Abbildungen
510 Seiten
Der vorliegende Band will für den Zeitraum, der durch Blériots Kanalüberquerung und Lindberghs Ozeanflug markiert ist, die Wechselbeziehungen zwischen den »zwei Kulturen«, zwischen den »geistigen« und den »praktischen Erneuerern« (Musil) aufzeigen, belegen und deuten. »Anordnung und Präsentation des Stoffes sind in ebenso geschickter wie überzeugender Weise bewerkstelligt. Der

Autor ist zu seinem Werk zu beglückwünschen, das vom Thema her als völlig neu gelten darf und dessen Materialfülle immens ist.« *Robert Minder*

st 577 Fritz Rudolf Fries
Das nackte Mädchen auf der Straße
Erzählungen
186 Seiten
Der Band versammelt eine Auswahl der besten Erzählungen von Fritz Rudolf Fries aus den fünfzehn Jahren, von 1959 bis 1974. »Die Geschichten dieses ungewöhnlich phantasiebegabten, an Jean Paul und Marcel Proust geschulten Autors sind nachträgliche Entfaltungen kleiner, im allgemeinen Getriebe kaum oder gar nicht beachteter Begebenheiten, in denen wie in jedem Menschen ein Kern von Unverwechselbarkeit steckt. Jede dieser Geschichten hebt einen solchen ungeschliffenen Diamanten und bringt ihn, geschliffen, zum Glänzen ans Licht.«
Gisela Lindemann, Norddeutscher Rundfunk

st 578 E. Y. Meyer
Die Rückfahrt
Roman
428 Seiten
»E. Y. Meyers Roman *Die Rückfahrt* ist ein Werk von außerordentlicher Gedankenfülle und Gedankendichte, eines der wenigen Bücher der Gegenwartsliteratur, die man zwei- und dreimal wird lesen wollen.«
Aargauer Tagblatt

st 579 Arthur Koestler
Die Nachtwandler
Die Entstehungsgeschichte unserer Welterkenntnis
Einzig berechtigte Übertragung aus dem Englischen von Wilhelm Michael Treichlinger
Deutsche Fassung vom Autor überarbeitet und genehmigt
560 Seiten
In dieser Darstellung der Geschichte der Astronomie entwickelt Koestler ein Bild der sich im Laufe der Jahrhunderte wandelnden Anschauungen des Menschen vom Weltall und vermittelt gleichzeitig einen Überblick über die Geschichte des menschlichen Denkens schlechthin. Damit wird ein Thema von größter Aktualität aufgegriffen, nämlich die Suche nach den Ursachen des geistigen Dilemmas unserer Zeit, wie es sich in dem immer ausgepräg-

teren Antagonismus zwischen wissenschaftlichem und philosophischem Denken manifestiert.

st 580 Hans Eppendorfer
Der Ledermann spricht mit Hubert Fichte
Nachwort von Herbert Jäger
224 Seiten
Als Hubert Fichte Hans Eppendorfer das erste Mal traf, war Eppendorfer gerade aus dem Gefängnis entlassen. Mit 17 Jahren hatte er eine Frau umgebracht. Warum? Jahre, nachdem Eppendorfer das Gefängnis verlassen hat, spricht Fichte erneut mit ihm.
»Ohne den unerschrockenen Versuch, in das große Dunkelfeld der Erkenntnis menschlicher Grausamkeit, ihrer Ursachen und Erscheinungsformen, hineinzuleuchten, wird es kaum möglich sein, mit Aggressivität differenziert umgehen zu lernen und Grausamkeit wirklich einzudämmen.« *Herbert Jäger in seinem Nachwort*

st 581 Alexander Trocchi
Die Kinder Kains
Aus dem Englischen übersetzt von Wulf Teichmann
232 Seiten
Das Buch von Joe, dem Junkie, der auf einem Schleppkahn im New Yorker Hafen lebt, dessen Welt sich bevölkert mit all denen, die die Gesellschaft exiliert hat. Einzige Verbindung zur »Gesellschaft« ist die Polizei. *Die Kinder Kains* ist neben *The Naked Lunch* von William Burroughs das bedeutendste Zeugnis der jüngeren amerikanischen Rauschgiftliteratur.

st 583 Jörg Steiner
Ein Messer für den ehrlichen Finder
Roman
196 Seiten
José Claude Ledermann – genannt Schose – sucht früh den Ausweg aus den häuslichen Verhältnissen. Er möchte Radfahrer werden, aber ein Unfall macht die Hoffnungen zunichte. Aus dem Krankenhaus entlassen, muß er erleben, daß ein Schulkamerad sein Rad verkauft hat. Schose sticht ihn mit dem Taschenmesser nieder und muß für Jahre in die Erziehungsanstalt. Nach seiner Entlassung findet er Arbeit auf einem Frachtkahn. Aber es bleibt ungewiß, ob es ihm gelingt, endlich Fuß zu fassen.

st 584 Manuel Scorza
Trommelwirbel für Rancas
Eine Ballade
Aus dem Spanischen von Wilhelm Plackmeyer
276 Seiten
Eine Ballade, die von der Macht der Mächtigen und der Ohnmacht der Armen in Peru erzählt. Scorca führt den Leser in die grausigen Verhältnisse ein, in die in den Zentral-Anden gelegenen Dörfer, die auf keiner Karte verzeichnet sind, es sei denn auf denen der Militäreinheiten, die im Sinne ihrer Befehlshaber das Elend bestimmten und schließlich die Dörfer auslöschten um eines Reingewinns willen.

st 585 Herbert W. Franke
Zone Null
Roman
Phantastische Bibliothek Band 35
190 Seiten
Stellen Sie sich vor: Zwei Supermächte haben sich nach einem atomaren Konflikt in völlige Isolation zurückgezogen. Nach Jahrhunderten bricht eine Expedition auf, stößt durch das verseuchte Niemandsland – die Zone Null – in das Gebiet des ehemaligen Gegners vor. Die fremdartige Umwelt übt auf die Expeditionsteilnehmer eine seltsame Faszination aus. Es gibt keine Brücke mehr zueinander für die beiden Kulturen, es sei denn um den Preis der Selbstaufgabe.

st 587 Dieter Kühn
Josephine
Aus der öffentlichen Biographie der Josephine Baker
Mit Abbildungen
164 Seiten
»Über das ›schwarze Idol‹ Josephine Baker entstand mit Kühns straffer und kluger Sprache ein Porträt, dessen eindeutig abenteuerliche Züge nicht der leisen Tragik entbehren. Kühn läßt die ›öffentliche Biographie‹ dieses Erfolgsgirls und die kritischen Fragen im Zusammenhang damit ein formal und stilistisch raffiniertes Mosaik werden. Der Leser wird keinen Augenblick aus dieser vergnüglich-ernsten Spannung entlassen.« *Imprint*

st 588 José Maria Arguedas
Die tiefen Flüsse
Roman
Aus dem Spanischen übertragen von Susanne Heintz
296 Seiten
»Der Erzähler Ernesto, ein Sohn von Weißen, ist unter Indios aufgewachsen und später in die Welt der Weißen zurückgekehrt. Er paßt sich nicht an, bleibt Einzelgänger und evoziert so die tragische Opposition zweier Welten, die sich nicht kennen, ablehnen und nicht einmal in seiner eigenen Person schmerzlos miteinander leben können.«
Mario Vargas Llosa

st 589 Basis. Jahrbuch für deutsche Gegenwartsliteratur
Band 10
Herausgegeben von Reinhold Grimm und Jost Hermand
272 Seiten
Mit Beiträgen von Jost Hermand, Horst Denkler, Helga Geyer-Ryan, Wolfram Malte Fues, Dieter Kafitz, Frank Trommler, Ulrich Profitlich, Ralf Schnell, Peter Uwe Hohendahl, u. a. Ohne methodisch festgelegt zu sein, sucht *Basis* eine Literaturbetrachtung zu fördern, die an der materialistischen Grundlage orientiert ist.

st 590 Reinhold Schneider
Die Hohenzollern
Tragik und Königtum
Herausgegeben mit einem Nachwort von
Wolfgang Frühwald
Mit Abbildungen
304 Seiten
Es geht in diesem Buch nicht um den Anspruch der Hohenzollern, sondern um einen unbezweifelbaren Auftrag an ein Geschlecht, eine Landschaft, eine Zeit. Anliegen dieses Buches ist: Ehrfurcht vor der Geschichte, dem Gewesenen überhaupt.

st 591 Milan Kundera
Abschiedswalzer
Roman
Aus dem Tschechischen von Franz Peter Künzel
248 Seiten

Der Blick fällt auf ein Badestädtchen, dessen Reichtum die Quellen sind, die Frauen von Unfruchtbarkeit heilen. Ružena ist das Mißgeschick passiert, das für die übrigen Kurgäste das langersehnte Glück wäre: sie ist schwanger. Figuren verschlingen sich, Paare lösen sich auf und gehen neue, unerwartete Verbindungen ein.
»*Abschiedswalzer* ist nichts anderes als eine brillante Prosakomödie, eine Mischung aus Feydeau und Schnitzlerschem *Reigen,* von satirischer Groteske und ideologiekritischer Scharfsichtigkeit.«

Der Tagesspiegel, Berlin

st 593 Zehn Gebote für Erwachsene
Texte für den Umgang mit Kindern
Zusammengestellt und mit einem Nachwort versehen von Leonhard Froese
224 Seiten
Diese Sammlung geht von zehn Postulaten aus, die der Herausgeber zum *Internationalen Jahr des Kindes* der Öffentlichkeit übergeben hat. Sie ordnet diesen Postulaten bedeutende Aussagen namhafter Autoren und Schriften der Antike, des Mittelalters und der Neuzeit zu. Dabei fällt auf, daß Äußerungen weit auseinanderliegender Zeiten und Räume häufig nicht nur dem Wortsinn, sondern gelegentlich auch der Aussageform nach übereinstimmen.

st 594 Jan Józef Szczepański
Vor dem unbekannten Tribunal
Fünf Essays
Aus dem Polnischen übersetzt und erläutert
von Klaus Staemmler
160 Seiten
»... was ich jetzt schreibe, ist ein weiterer Versuch, das Schweigen zu durchbrechen, in das uns unsere kleingläubige Schwäche versetzt hat.« Dieses Zitat aus Szczepańskis »Brief an Julian Stryjkowski« könnte als Motto über den fünf Essays stehen, die dieser Band versammelt. Das Schweigen (aus Feigheit oder Dummheit) läßt Unrecht und Unmenschlichkeit zu. Jede Stimme, die es zu durchbrechen sucht, ist ein nicht zu überhörender Appell und ein Nachweis der Humanität.

st 595 Ödön von Horváth
Geschichten aus dem Wiener Wald
Ein Film von Maximilian Schell
Mit zahlreichen Abbildungen
160 Seiten
Zur Uraufführung des Maximilian-Schell-Films »Geschichten aus dem Wiener Wald« nach dem Volksstück von Ödön von Horváth liegt dieser Band mit dem Drehbuch von Christopher Hampton und Maximilian Schell und zahlreichen Fotos des 1978 in Wien und Umgebung entstandenen Films vor, der den Entstehungsprozeß des Films dokumentiert.

st 596 Hans-Georg Gadamer, Jürgen Habermas
Das Erbe Hegels
Zwei Reden aus Anlaß des Hegel-Preises
104 Seiten
»Niemand sollte für sich in Anspruch nehmen, ausmessen zu wollen, was alles in der großen Erbschaft des Hegelschen Denkens auf uns gekommen ist. Es muß einem jeden genügen, selber Erbe zu sein und sich Rechenschaft zu geben, was er aus dieser Erbschaft angenommen hat.«
Hans-Georg Gadamer

st 597 Wilhelm Korff
Kernenergie und Moraltheologie
Der Beitrag der theologischen Ethik zur Frage
allgemeiner Kriterien ethischer Entscheidungsprozesse
104 Seiten
Die vorliegende Studie ist einer konkreten Herausforderung entsprungen. Im Entscheidungskonflikt um das Projekt eines Kernkraftwerks in Wyhl/Oberrhein wurde der theologische Ethiker um eine Stellungnahme angegangen. Da die gegenwärtige ethische Theorie wenig Strategien hinlänglicher Leistungsfähigkeit bereitstellt, wandte sich der Verfasser den tradierten Modellen zu, um ihnen mögliche Gesichtspunkte abzugewinnen.

st 628 Georg W. Alsheimer
Eine Reise nach Vietnam
224 Seiten
Alsheimer kehrt in seine »Wahlheimat« zurück. Die Narben des amerikanischen Alptraums sind noch allgegen-

wärtig. So gerät die Konfrontation des Damals mit dem Heute zunächst zu einem Verfolgungswahn. Erst als er durch das Vertrauen seiner Freunde das Damals mit dem Heute verknüpfen kann, verwandeln sich in dieser Krise seines politischen Credos die gläubigen Visionen in einen gemäßigten, kritischen Optimismus. Den Prozeß, der zu dieser Einsicht führte, protokolliert Alsheimer in diesem Reisetagebuch. Alsheimers *Vietnamesische Lehrjahre* liegen als st 73 vor.

st 629 Wie der Teufel den Professor holte
Science-fiction-Erzählungen aus POLARIS 1
Phantastische Bibliothek Band 37
132 Seiten
Der Band enthält Erzählungen von Stanisław Lem, Gérard Klein, Kurd Laßwitz, Fitz-James O'Brien, Vladimir Colin.

st 630 Das Mädchen am Abhang
Science-fiction-Erzählungen aus POLARIS 2
Phantastische Bibliothek Band 38
178 Seiten
Der Band enthält Erzählungen von Wadim Schefner, Sewer Gansowski, Arkadi und Boris Strugatzki, Ilja Warschawski.

st 631 Der Weltraumfriseur
Science-fiction-Erzählungen aus POLARIS 3
Phantastische Bibliothek Band 39
144 Seiten
Der Band enthält Erzählungen von Josef Nesvadba, Gerd Ulrich Weise, Sven Christer Swahn, Vladimir Colin, Frigyes Karinthy.

st 632 Die Büßerinnen aus dem Gnadenkloster
Phantastische Erzählungen aus PHAÏCON 2
Herausgegeben und mit einem Vorwort von
Rein A. Zondergeld
Phantastische Bibliothek Band 40
122 Seiten
Der Band enthält Erzählungen von Joseph Sheridan Le Fanu, Erckmann-Chatrian, Jean-Louis Bouquet, Julio Cortázar, Manfred Wirth, Jörg Krichbaum.

Alphabetisches Gesamtverzeichnis der suhrkamp taschenbücher